# ANOTHER
## episode S

綾辻行人

黃鴻硯—譯

獻給親愛的 A. K.

名家導讀——

# 主旋律外的插曲，謎團背後的弦外之音

暨南大學推理同好會顧問　余小芳

「它的所見之物、所見方向說不定和我一樣呢。」

——摘自《Another episode S》

以故事時間序列及出版時間來看，本書視為《Another》的續集當之無愧，出乎作者本身的預料，原是單集完結的作品竟衍生出全新的情節，而其餘的奇思異想甚至已在作者腦海內盤據、攀附。既然名為本傳之餘的外傳，那麼「前情提要」恐怕也有那麼點需要。

要角是轉學生榊原恒一與神秘少女見崎鳴，非詛咒性的悲劇事件冷不防地降臨在他們國三的時刻；具備區域限定的特質，發生於夜見山北中學三年三班的奇異「現象」，超越校園七大不可思議事件的渲染力，一旦「災厄」被觸發，便如同連鎖效應般難以阻絕，當事人及二等之內的血親皆有可能被波及而死於非命，為求因應，相關人士商討防堵它的「對策」，或者乾脆逃離夜見山市的地理範圍，以求遏阻災難。

綾辻行人的過人之處在於不言明恐怖，卻意外極為可怕，採用恐怖小說的開頭，但能以天衣無縫的邏輯過程解釋，將之轉換成推理小說的結尾，渾然天成的書寫筆力和自然合理的層層推想令人嘆為觀止。本書承繼先前如出場人物、角色功能等的設定，擷取一九九八年夏季合宿前，見崎鳴陪同家人前往海邊別墅的「空白時光」。於是，書中的偵探這會兒成為見崎鳴，記述者大多是「一團碎片」的我，先前的敘述者榊原恒一轉為純粹的聆聽者和助手的角色，成了只是聽故事和思索細節的「局外人」。

四歲時便失去左眼的見崎鳴，眼罩下的人偶藍眼具備特殊能力，看得見「死亡的顏色」，換句話說，表示看得到「那個」。那年夏天的緋波町水無月湖畔，她遇見一縷不復記憶的「特殊存在」，對方是十多年前同為夜見北三年三班畢業生的賢木晃也，現今憑附著熟悉的「場所」而若隱若現，著實耐人尋味。

若說《Another》是壯闊的主題曲，其恐怖不著痕跡地漂浮於書頁之間，並逐漸擴散，那麼本書便是懸宕超自然現象的小品插曲，不安氣氛稍歇，然而解謎味卻大幅提升；主要的謎題在於「鬼魂尋找自己的死因和屍體」、「協助重整鬼魂的記憶缺口」，並解釋其背後敘述弔詭之處。

代稱「S」具備多重解，前後呼應的情節使人心悅誠服，撲朔迷離的伏筆亦藏有弦外之音；從「Misaki」到「Sakaki」，作者日漸茁壯的野心與體貼同時現身，相信不久的將來，另一個未知、無可名狀的 Another 又將捲土重來……

名家推薦——

## 萌系女偵探見崎鳴活躍的小品續篇，你怎能錯過！

推理作家　寵物先生

與《Another》厚重的篇幅相比，《Another episode S》可謂是「巨木蔓生出的美麗枝椏」。以「鬼魂尋找自己屍體」構築的獨特謎團與世界觀，精緻的伏筆與布局，承繼本傳的「現象」設定，以及最後逆轉……恐怖氛圍稍減，卻增強了推理味。萌系女偵探見崎鳴活躍的小品續篇，你怎能錯過！

# CONTENTS

# Introduction

## 1

「聽我說吧。」

見崎鳴開口了，同時以纖細的手指輕撫左眼上的白色眼罩，動作和緩。

「聽我說吧，榊原同學。我要說一個你不知道的故事，發生在這個夏天的事。」

「嗯？」我不禁歪了歪頭。

「你不知道的故事，發生在這個夏天的事。和另一個『Sakaki』有關——想聽嗎？」

御先町人偶藝廊「夜見的黃昏是空洞的藍色眼睛」內依舊昏暗，宛如日暮時分。見崎鳴的微笑有種說不上來的生硬，似乎也有幾分猶豫。

「只要你答應我不說出去，我就告訴你。」

「另一個『Sakaki』是……」

「不是Sakakibara（榊原），是Sakaki・Teruya。」

她說「Sakaki」寫作「賢木」，Teruya是「晃也」——賢木晃也，是我從未聽過的名字。

「參加八月的班級合宿前，我曾經離開夜見山一個禮拜左右，還記得吧？」

「啊……嗯。你們一家人去了海邊的別墅對吧。」

「就是在那時候遇到他的。」

「遇到賢木晃也？」

「不如說是遇到**他的鬼魂**。」

「啊？」我不禁歪了歪頭。

「妳說鬼魂是指……呃，那個……」

「賢木在今年春天就辭世了，死翹翹了。所以說，我在夏天遇到的是他的鬼魂。」

「呃，遇到鬼魂……」

「這件事跟夜見山的『現象』無關。他不是三年三班死而復生的死者或那一類的存在，而是……」

見崎鳴慢慢閉上右眼，然後睜開。

「沒錯，他確實是鬼魂。」

見崎鳴眼罩下的「人偶之眼」有特殊能力，看得見「死亡的顏色」，也就是說她看得到**那個**……

我整個人開始坐立不安，視線不斷游移，同時呼吸著人偶藝廊地下展示間那冰涼而混濁的空氣。

八月合宿之夜結束後，今年的「現象」也終止了。暑假結束，第二學期揭開序幕……時值九月下旬，秋天的腳步逐漸逼近中。不用上學的第四個禮拜六下午，我去了夕見丘市立醫院一趟──合宿結束後我動了肺部手術，這天過去是為了回診。就在回家的路上……

我下定決心要登門拜訪。上次來**這裡**，已經是好久以前的事了。

沒想到一樓藝廊今天休館，真是不巧。見崎一家住在樓上，我該不該按電鈴呢？猶豫了許久，最後決定直接離開。就在這時，我上衣口袋裡的手機響了……

是見崎鳴打來的。

「榊原同學，你現在在我家門口對吧？」

我驚訝地問：「妳怎麼知道？」見崎鳴便平鋪直敘地回答：「是巧合。」

「漫不經心地往窗外一看……結果你就在那裡。」

「妳在三樓窗邊？漫不經心地往外看？」

我匆匆忙忙抬頭仰望眼前的建築物。三樓有兩扇並排的窗戶，其中一扇有黑影飄然閃過。

「妳是……用手機打給我的？」

「嗯，對。榊原同學的手機號碼我先前就抄起來了嘛。」

見崎鳴說合宿一結束後，她立刻就把手機丟到河裡了。不過她還說：就算這樣做，霧果小姐大概還是會買一支新的給她吧。也難怪……

「今天藝廊公休是吧。」

「天根婆婆身體不舒服，不然她很少休息的。」

「咦！」

「要不要過去看看？」

「啊？這樣好嗎？」

「你很久沒來了嘛。而且霧果……我媽今天也有事出門了。我現在就下樓開門喔，等我一下。」

## 2

我上次來這裡，應該是兩個月前的事了。

如果沒記錯的話，上次來訪是在七月二十七日。十五年前的同一天，我媽生下我不久後就過世了。來訪前，我還先到咖啡店「INOYA」赴敕使河原的約。

印象中，我就是在那天得知見崎鳴要和家人一起去別墅的。

——我爸回來了。

是我多心了嗎？總覺得見崎鳴說這話時的臉色有些陰沉。

——然後呢，他就說要全家一起到別墅去待幾天。我完全沒有心情去，但這已經變成慣例了，我也不能說不要。

妳們家的別墅在哪裡啊？

——海邊，開車三小時左右會到吧。

在夜見山市外？

——當然囉，夜見山不靠海啊……

我等了不只「一下」，但最後還是被帶進無人的「夜見的黃昏是空洞的藍色眼睛」藝廊內了。

鏗啷。門上的鈴鐺響起，見崎鳴隨之現身。她穿著一件藍色刺繡紋樣綴飾的黑色長版洋裝，左眼依舊戴著眼罩。

「請。」

她只說了這麼一句話，便走向屋內深處通往地下室的樓梯。

我加緊腳步跟上，發現她的手臂下夾著一本素描本。八開大，橄欖綠色封面。

地下展示間的模樣和兩個月前沒什麼太大差別：整個空間散發出地下倉庫的氣息，為數眾多的人偶與零件散放各處，不過房間一角多放了一張黑色小圓桌和兩張紅色布面扶手椅。

「請。」

見崎鳴又說了同樣的話，示意我坐到椅子上。

「還是說，別待在這裡比較好？」

「啊，不要緊的。」

我坐下來，手按上胸口，深吸了一口氣。

「因為我大概已經習慣了啦。」

「你是從醫院過來的，對吧？」

「妳知道啊？」

「你之前說過啊。」

「啊，是喔。」

託妳的福，我術後恢復的狀況非常好。主治醫生的話也很讓人欣慰呢：由於你下定決心動了手術，以後復發的機率應該會大幅減少。

見崎鳴坐到圓桌另一頭的椅子上，並將素描本輕輕放到桌上。封面是橄欖綠色的，角落寫著小小的數字「1997」。

「果然啊。」我喃喃自語。

「『果然』什麼？」

「這不是妳平常拿的素描本，封面顏色不對。那本是深咖啡色的吧？還有，這本的角落寫著『1997』。」

「你的觀察力還滿好的嘛，真令人意外。」

「看來這是去年的素描本囉？為什麼要……」

為什麼要特地帶過來呢？

「想說，還是讓榊原同學看看好了。」見崎鳴回答後淺淺一笑。

「裡頭有什麼特別的畫嗎？」我發問。

「不是那麼了不起的東西啦。」

呼，見崎鳴發出輕嘆，伸了個懶腰，視線上飄。

「不過，我自己覺得多少算是有點意義吧。」

多少算是有點意義？什麼意思啊？

「呃，那……」

我支支吾吾，話接不下去。見崎鳴直盯著我看，看得我不知如何是好。她就是在這時開口的。

「聽我說吧。」

她以纖細的手指輕撫左眼上的白色眼罩，動作和緩。

「聽我說吧，榊原同學。我要說一個你不知道的故事，發生在這個夏天的事。」

## 3

賢木晃也——另一個「Sakaki」。

見崎鳴是在前年，也就是一九九六年初次見到這個人。當時十三歲的她正在過上國中後的第一個暑假，一家人按照往年慣例前去別墅度假。

「我爸的朋友一家住在那裡——緋波町，他們家離我們的別墅不遠。對方姓比良塚，和我們家算是有交情，有時候大家會一起舉辦類似家庭派對的餐會。」

輪到見崎家主辦派對時，會是誰負責準備料理呢？——這個無關緊要的疑問突然浮現在我心中。

霧果小姐應該不擅長煮飯吧，而見崎鳴的烹飪能力接近零。看來是見崎先生負責張羅囉？

我想的事情根本不重要，但見崎鳴似乎看穿了我的想法。她說：「那個人……我的養父長年待在海外，似乎滿喜歡做菜的。不過辦餐會的時候，我們幾乎都是叫……那個要怎麼說？是叫『外燴』嗎？都是靠那個解決……」

原來如此，叫外食也是當然的嘛。

「前年暑假，賢木先生和比良塚一家一起來訪，他是比良塚太太的弟弟。」

見崎鳴伸手翻開素描本的封面，拿起夾在封面與第一頁之間的照片。

「這就是當時拍的照片。」

她說，沉著地將照片交到我手中。「嗯嗯。」我正經八百地點點頭，望向手中的照片。那是五乘七吋的彩色照片。

大概是在別墅的陽台拍的吧。

除了霧果小姐和見崎鳴之外，還有另外五個人入鏡。明明是兩年前的照片了，見崎鳴的氣質卻和現在無比接近，真是不可思議。不過她沒戴眼罩……

「眼罩呢？妳沒戴耶。」

「我媽說招待客人的時候不准戴。」

自幼便失去左眼的見崎鳴裝著藍色義眼——這「人偶之眼」本來是人偶師霧果小姐

特地為女兒製作的，女兒卻以眼罩遮蔽。站在霧果小姐的立場來看，這或許是一件令人悲傷的事吧。

「最右邊的那個人就是賢木先生，他那年二十四歲。」

「妳爸呢？」

「照片是他拍的，所以他沒現身。」

照片中另有一男一女，從年紀來判斷應該就是比良塚夫婦吧。兩人中間坐著一個小女孩，姿勢非常端正；還有一個矮個子男孩站在賢木晃也隔壁，與夫妻兩人保持一小段距離。

影中人幾乎都以燦爛程度不一的笑臉面對鏡頭，只有見崎鳴和賢木完全沒在笑。

「賢木隔壁的小男生叫阿想，是比良塚太太……月穗的兒子，當年是小學四年級。」

——換句話說，他小我和見崎鳴三歲。

他似乎是個蒼白、乖巧的少年，不過文靜程度跟見崎鳴比還差了一截。臉上雖然掛著笑容，整個人卻散發出一股無以名狀的寂寥。是我多心了嗎？

「這個小女孩呢？」

「她叫美禮，那年才三歲……吧。她是阿想的妹妹，但兩人其實是同母異父的兄妹。」

「也就是說……」

「比良塚先生是月穗小姐的再婚對象。美禮是他們兩個的小孩，而阿想是月穗小姐和前夫生的。阿想出生後，他爸就過世了。」

嗯……有點複雜，但不至於搞不懂。

「總而言之——」

見崎鳴雙手托腮，手肘撐在桌面上，盯著我手中的照片看。

「這就是我和賢木先生初次見面的場合。問他話他會回應，但自己不會主動找話題……給我的第一印象是沉默又嚴肅。」

「跟千曳老師有點像耶。」

「是嗎？」

「我不是說他像年輕時代的千曳老師，因為千曳老師年輕時候的氣質和現在應該會差滿多的吧。我的意思是說：如果讓現在的千曳老師直接年輕二十歲，看起來的感覺應該會跟賢木先生有點像吧。賢木先生要是戴上眼鏡，兩個人看起來搞不好還會更像。」

「——是這樣嗎？」

「這個叫賢木的男人沒住在比良塚家嗎？」

「沒。」見崎鳴回答，並從我手中拿回照片。

「這個賢木先生啊，他一個人住在『湖畔宅邸』……」

她將照片放到圓桌的邊邊，猶豫片刻後再次拿起素描本，翻到靠中段的頁面要我看：「就是這裡。」那一頁畫著——

某棟建築物。

只是張鉛筆素描，不過她展現出的畫功遠超過國中生水準。

那棟宅邸建在森林（或樹林）外緣，看起來又大又氣派——至少素描給人的感覺是這樣啦。這就是見崎鳴剛剛說的「湖畔宅邸」嗎？

它是兩層樓高的西洋風建築，外牆上貼的木板應該就是所謂的雨淋板吧。窗戶基本上都是縱向長方形上推窗，屋頂不是懸山頂，而是由兩種斜度的木板接合而成。靠近地面的位置也開了幾扇並排的小窗……

「下一頁畫的也是同一棟大宅的素描。」

聽她這麼一說，我便翻到下一頁看看。

她畫的是另一個觀看角度下的宅邸。二樓的窗戶和其他地方很不一樣，特色鮮明——形狀像是斜斜切開橢圓形所得的下半部圖案，左右對稱，看起來簡直像是「房屋的雙眸」。

「似乎有點像艾米堤維爾之家呢。」我不小心吐露出這樣的感想。

見崎鳴歪頭問我：「那是啥啊？」

「妳沒看過電影《陰宅》嗎？裡頭有棟房子就叫那名字。」

而且是鬧鬼鬧超兇的鬼屋呢。

「我沒聽過。」見崎鳴的頭輕輕側點，乾脆俐落地回答。

4

「呃，這是在去年夏天畫的？」

畫的右下角寫著「1997/8」，字跡潦草。

「去年我們家又去了一趟別墅，時間跟前年差不多。我在散步途中發現這棟房子……就突然想把它畫下來。」

見崎鳴沉靜地合上素描本。

「結果那碰巧正是賢木先生的家。」

「妳去年也見到那個……賢木先生了嗎？」

「碰過幾次面。」

「是在畫那張圖的時候？」

「畫圖期間碰過面……不過去年第一次見面是在海邊。」
「海？妳剛剛不是說『湖畔宅邸』嗎？」
「啊，你說得對，那是湖……與其說是湖，不如把它想成池子吧，因為並沒有大到哪裡去。」
見崎鳴迅速瞇起右眼。
「那附近確實有海。從海岸出發穿過樹林，走一段路之後就會來到池邊。它叫水無月湖……啊，搞半天還是湖嘛。」
我完全沒有那一帶的地理概念，就算聽她這樣說明也不會有恍然大悟的感覺。
「賢木先生當時在海邊拍照，攝影似乎是他的興趣。他和阿想在一起，而我一個人在海邊散步……我們就這樣遇上了，睽違一年的再會。他還記得我們前年碰過面。」
「喔，那時你們有聊天啊？」
「聊了幾句。」
原本想問她「聊些什麼」，最後還是作罷了。
總覺得東問西問、什麼都要管實在是太……扭扭捏捏？還是該用丟人現眼來形容？我有預感，她就快搬出「我討厭問句攻勢」這句話來表達她的抗拒了。
沒想到，見崎鳴卻主動說：「當時是賢木先生主動找我聊天，突然間拋了一句話過來……『喔？妳戴著眼罩啊。』」

——妳應該是叫 Mei 吧，去年我們在見崎先生的別墅見過面。

賢木晃也並沒有先把手中的單眼相機收起來，直接就朝見崎鳴走近。他的左腳一跛一跛的，看起來不太自然。

你受傷了嗎？見崎鳴發問。

啊，不是的……他先是簡單應話，接著輕輕點頭說——

很久很久以前，我出了車禍。

當時受的傷並沒有完全痊癒，所以左腳走路才會一跛一跛的。意外發生時，他還是國中生。載著全班同學的遊覽車被卡車撞上……

「咦？」

我原本仔細傾聽著見崎鳴的敘述，此刻卻有一段記憶浮現心中，令我大受震撼。

「中學時代的，遊覽車車禍？」

賢木晃也前年二十四歲——剛剛見崎鳴是這樣說的。二年後的今年是二十六歲，也就是說他的中學時代是十幾前年……

「……不會吧。」

我喃喃自語，接著深吸一口氣。

「這個叫賢木的男人，以前住在夜見山嗎？國中讀夜見北山中學，三年級的時候被編到三班，然後他該不會……難不成……」

「你是要說『八七年的慘案』吧。」

見崎鳴沉穩地點了點頭。

「我也是那樣想的。今年的『對策』開始執行、聽千曳老師細數過去的『災厄』後，我就想起當時賢木先生說的話了。」

十一年前，也就是一九八七年春季，三年三班校外教學途中遭逢的「災厄」。參加的同學以班級為單位分乘數輛遊覽車，三年三班搭乘的那輛在開往夜見山市外機場的途中出了車禍——遭到對向車道疲勞駕駛的卡車追撞……

這次慘劇奪走了學生與級任導師在內的七條人命。賢木晃也難不成就是在這次車禍中傷到左腳的？

「所以囉，今年夏天……」

見崎鳴繼續以沉靜的嗓音訴說下去。

「我才想說要去別墅見賢木先生，向他做個確認。運氣好的話，說不定可以問到一些有用的情報。」

啊，真是的！我瞪了見崎鳴的臉一眼。

什麼都沒說，就一個人跑過去……

起碼先跟我說一聲嘛……不過我得承認，「默默展開行動」正是見崎鳴的作風。

我此時此刻的心情，她似乎也毫不在乎的樣子，只顧著說她要說的話。

「可是啊，我一去才發現賢木先生已經死了。那是今年春天，五月初的事。」

她輕嘆一口氣，然後撥了兩下劉海。

「搞了半天，我只見到那個男人的鬼魂──好啦，榊原同學，你想繼續聽下去嗎？還是不想聽？因為會讓你想起很多有的沒的事？」

「啊……」

我眉頭一皺，拇指按上右邊的太陽穴。嗡，嗡──我一面在意著頭殼內側某處傳來的微弱重低音，一面回答：

「我還是想聽呢。」

呵，見崎鳴繃緊嘴唇，點點頭，開始訴說整個故事。

「賢木先生死於今年春天，但遺體依然下落不明……化身為鬼魂的他，正在尋找著自己的身體。」

# *Sketch 1*

人死後會怎樣呢？
——嗯？
死後，會到「他界」去嗎？
這個嘛……不知道耶。
會上天堂或下地獄嗎？
不清楚耶，因為天堂和地獄也都是人類想像出來的。
那就是說，人死了以後真的會徹底消失囉？會變成「無」囉？
……不會，我不覺得會。
是嗎？
對啊。人死後啊，一定會……

# 1

印象中，我是去年七月底，於看得見來海岬燈塔的海邊遇到那位少女的。確切的日期，我已經想不起來了。

名字是 Mei 的國中女生，記得那是我們第二次見面。

第一次見面是在一年前，也就是距今兩年前，印象中是八月初的事。我接受月穗姐的邀請參加了見崎家別墅的晚宴，所以才——

當時我們只聊了一、兩句話，等於是打個招呼而已。少女身形纖弱，氣質嬌柔，膚色蒼白。話少，沾染著些許寂寥之氣，看起來並不是很喜歡當晚的聚會——在我記憶中是這樣。

當時最令我印象深刻的，是少女的藍色左眼。據說是身為人偶師的母親特地為女兒製作的義眼。

這就是原因了。

那眼珠之藍散發出某種不可思議的氣息，在我心中留下了鮮明的印象，所以——

所以去年夏天重逢時，我才會脫口說出：

「喔？妳戴著眼罩啊。」

接著還說了這樣的話：

「異色瞳很美啊，為什麼要掩藏呢？」

來找我玩的姪子阿想問我：

「異色瞳是什麼？」

一如往常的語調，男孩變聲前的澄澈高音。

「就是左右兩眼的顏色不一樣啊。」

我如此回答，並朝少女走近。

「妳應該是叫 Mei 吧，去年我們在見崎先生的別墅見過面。」

「——你好。」

她的聲音小到快被浪濤聲掩過了。回話後，她右眼的視線落到我的腳邊。

「你受傷了嗎？」

「啊，不是的……」我低頭看著自己的左腳，輕輕點頭說：「很久很久以前，我出了車禍。」

「去年沒注意到嗎？」

「啊……沒有。」

「當時受的傷並沒有完全痊癒，所以左腳走路才會一跛一跛的，不過不會痛就是了。」

我邊說邊輕拍左膝上方給她看。

「那次車禍非常嚴重，是我中學時代的事。我們班搭的遊覽車被卡車追撞……」

少女無言地歪了歪頭。

我接著說：「我有幾個同學往生了，班導也是。我是倖存下來的人。」

「……」

「我叫賢木晃也，很高興再次見到妳，請多多指教。」

「——嗯。」

「這是我姪子阿想……啊，妳早就知道他是誰了嘛。他是我姐姐——比良塚月穗的兒子，不過一放假就愛跑到我這裡來玩……阿想啊，你跟我感情這麼好是件好事，但你在學校也要好好交朋友喔。」

阿想並沒有回話，畏畏縮縮地走到少女面前打了聲招呼：「妳好。」而少女也回了同樣的話，這次的音量也小到快被海浪聲吞噬了。

後來我們兩個好像還閒聊了幾句。我說我的興趣是攝影，在這一帶的海邊偶爾會看到海市蜃樓之類的……

我去年不只和她碰過這次面，之後也閒聊過幾次，不過詳情已經不記得了。未來可能會慢慢想起來，也可能不會。不過……

我記得自己曾經把握某次機會對她說了以下這句話。

「妳那隻眼睛，那隻藍色的眼睛。」

說這話時，我當然知道那是取代肉身之眼的人造物。

「它的所見之物……所見方向說不定和我一樣呢。」

她好像吃了一驚，再次轉過頭來看我。

「為什麼？」她低語。

「為什麼這麼說……」

「呃，為什麼呢……」

說出這串話的我也感到困惑不已，只能給她一個曖昧的回應——我印象中是這樣。

「我也不知道為什麼要說這些呢。」

少女的名字是 Mei，見崎 Mei。

「Mei」寫作「鳴」。

也就是轟鳴的鳴，雷鳴的鳴……見崎鳴。

我，賢木晃也，大約是在那次會面的九個月後身亡的。

# 2

我說的「死亡」不是譬喻，不是「跟死了沒兩樣」或「我心已死」那種意義下的死。

我真的死了。

我現在不是「活人」，而是「死者」，這點是不會錯的。

今年春天——五月上旬的某日，我確實死了。

呼吸停止，心臟不再跳動，腦部活動永久停止……後來就變成了**現在這樣**。我已不具備活人的實體，只有「我」（——也就是靈魂？）這個意識存在——化身為所謂的鬼魂。

我死了。

死於五月初，黃金週即將結束之際。日期是五月三日，星期日——我的二十六歲生日。

這天晚上的八點三十幾分，半月的月色朦朧，彷彿滲入了天幕之中。

我死了。

我清楚記得當時的場面——也就是我死亡的瞬間，或者說是斷氣前一刻的光景。那是一個鮮明的「畫面」，伴隨著幾個聲響和話聲。

地點是家中，挑高到二樓的寬敞廳堂之內……

我長年獨居的「湖畔宅邸」的大廳。我和月穗從以前就把位於整棟建築物中央靠玄關側，同時也是樓梯所在位置的**此處**稱為「正廳」。

我倒臥在「正廳」那黝黑而堅硬的地板上——身穿白色長袖襯衫，搭配黑色長褲，打扮得像是國高中生。

仰躺在地，扭曲的四肢向外攤開，就算想動也動彈不了。

臉朝向側邊，和手腳一樣完全動不了。頸骨不知怎麼了……還有，血。

血從頭上某處的撕裂傷湧出，染紅額頭與臉頰，還一點一點地在地上聚積成血泊——慘狀顯著。

我那垂死之際的茫然之眼**望**著那樣的「畫面」——話雖如此……

仔細想想，人根本不可能以自身之眼觀看自己的慘狀。我能看到，是因為有個單純的**裝置**在場。

我的視線範圍內有面鏡子貼在房間的牆上。

比成人的上背還要高的四方形大鏡子。

它映照出上述的「畫面」（我自己斷氣前的身影），而我這瀕死之人的目光與它不期而遇。

鏡中那張沾滿鮮血的臉突然有了表情變化。

扭曲而剛硬的線條逐漸緩和下來，彷彿擺脫了痛苦、恐怖、不安等情緒，安詳得不可思議……

嘴唇，輕微地……

輕微地動了一些，宛如顫抖。這是——

這是在吐露**什麼樣的話語**呢？

沒錯，是**某種話語**……可是……

如今的我不知道當時的我想說什麼，實際上又說了什麼，也不知道當時有何感受、抱持什麼想法——都想不起來了。

有聲音，我聽到了。

大廳內那座歷史悠久的老爺鐘敲了一響。

八點半了。厚實又低沉的鐘聲之上——

重疊著人聲，我聽到了。

某人的聲音，似乎在輕輕叫喚著。

呼喊著我的名字（……晃也，先生）。啊，這是……

突然間，我察覺到了。

鏡子映照出我自己的死亡光景，而出聲的「某人」的身影就映在那畫面的一角。

那是……

……

……

……我「生前的意識」就這樣中斷了。大家常說人死後靈魂會出竅，但那樣的現象並沒有發生在我身上。不過我想，意識中斷的那一刻一定是我的「死亡瞬間」，不會錯的。

「死亡的記憶」至今仍歷歷在目，但那一刻之前和之後的記憶都是一片空白，彷彿籠罩在一片濃霧之中。換句話說，我完全不知道自己「為何喪生」，也不知道自己「斷氣後發生了什麼事」。與「斷氣前」相較，「斷氣後」的狀況更是曖昧，與其說是「一片空白」……對，不如說那是無垠的黑暗。

無垠而空洞的……「死後的黑暗」。

我，賢木晃也，就這樣死了。

不久後，我不知為何就變成了**這樣的存在**——所謂的鬼魂。

# 3

鬼魂，是極度不安定的「存在形式」。仔細想想，那也是當然的嘛。不過我自己成為鬼魂後有了更深一層的體會。

自從我在那一夜「死去」後，時間感就變得不太對勁。

我已失去肉體，當然也就沒有具體的五感。

思考能力還在，但作為其依據的記憶卻曖昧到了極點……或不如說斷斷續續的，各段落的清晰程度不一，落差很大。

記憶不是連續的，而是不連續的。

沒有系統性，是斷簡殘篇。

——應該可以這麼說吧。

時間。

知覺。

記憶——還有，**我的意識**也是支離破碎的。

我勉強維繫著這份不連續的斷簡殘篇，讓它們堆疊成一個岌岌可危的「自我」。就算到了現在，它們仍給人一種隨時都有可能潰散、徹底消滅的感覺……

危機迫切，但為它苦惱也沒用，只能接受**這種存在方式**了。

畢竟，我已經死了呀。

# 4

我是在死後兩週**醒過來**的。

雖說是醒來，但不是「復生」。死亡降臨的下一個瞬間，我墜入一片「黑暗」之中。而所謂的醒來，不過是脫離那片「黑暗」，然後**意識到自己的存在**而已。

起初我完全搞不清楚狀況。

我醒來後，知覺最先捕捉到的物體，是一面眼熟的大鏡子。

是固定在正廳牆上的四方形大鏡子，淡定地映照出我垂死身影的那面鏡子。

它突然出現在我的**視野之中**，距離我只有一、兩公尺遠，也就是說——

我人在鏡子前面，感覺得到自己正「站著」。可是……

眼前的鏡子並沒有映照出我的身影。不過除了我之外的物體，都如實地在鏡中現形了。

身體有知覺。

我感覺得到手腳還在，軀幹、脖子、頭也**都在**，毫無異狀。我的眼睛看得到自己的身體部位，也碰觸得到它們。我身上穿著衣服：白色長袖襯衫配黑色長褲，與我死去那夜的打扮相同……

……我就這樣，**存在於此處**。

我產生了上述的自覺。

但我的身影卻沒有映照在鏡中。

為什麼呢？

強烈的困惑與混亂席捲而來，不久後我就能把握住現況了。

我在這裡。

但我不是具備實體的「活人」，我已成為了失去自身肉體的「死者」。

現在我感覺得到自己的肉體，認為它「就在這裡」，但它實際上並不存在。這套衣服也是一樣。它們都是只有我本人才感覺得到的「生之殘影」……因此……也就是說……

我不知為何在這裡**醒了過來**，化身為所謂的鬼魂。

我將視線移向鏡子以外的地方。

腳邊地板上完全沒有我死時留下的血跡，也就是說後來被某人擦掉了，是嗎？

我慢吞吞地環顧四周。

那座歷史悠久、體積龐大的老爺鐘放在通往玄關的門邊。它的時針曾在我死前觸發鐘聲，如今停在六點六分。鐘停擺了，也就是說，我死後就沒有人幫它上發條囉？

我爬上二樓探看。

話說，我認為自己是以「步行爬上樓梯」的方式移動，但仔細想想，這會不會也是「殘留的感覺」呢？我「走路」時左腳也和生前一樣一跛一跛的，這一定也只是一種殘留現象囉？

階梯延伸到二樓後，接上繞行挑高大廳半圈的迴廊。

二樓有我的書齋、寢室和多年來幾乎不曾使用的數個空房……看來，與這棟房子的基礎情報依舊留存在我的記憶中呢，儘管我已化為鬼魂。

我在二樓走廊移動的途中，突然間——

我的視線落到了走廊外側，以及挑高空間相鄰的木頭扶手上了。

扶手的一部分有損壞的痕跡。

某人用新的木材直接蓋住破損或斷裂的地方，怎麼看都像是先應個急而已。

我望向扶手下方的一樓地面。

原來那天晚上，我臨死前所倒臥的地方就在這正下方啊。這麼說來……

我是從這裡掉下去的囉？頭部因而受到重擊，頸椎說不定骨折了……

我誠惶誠恐地探索那宛如濃霧籠罩的白色記憶，結果……

……有聲音（做什麼……晃也）。

有某人的聲音（……住手）。

好幾個人的聲音（……別管我）（怎麼這樣說……不行）。

突然間，那段記憶彷彿就要撥雲見日了（不要管我……），但最後還是沒能突圍。

我繼續在二樓的走廊上移動，接著進入一個房間。

我的寢室。

苔蘚色的窗簾是拉上的，但戶外光線從縫隙中射入，室內微明。

裡頭放著一張小尺寸雙人床，床單鋪得整整齊齊，看起來很久沒人睡了。

床邊桌上放著小小的時鐘。

是吃電池的電子鐘，此刻也正常運作著，不像「正廳」的老爺鐘……它顯示的時間是下午兩點二十五分，日期是五月十七日，禮拜天。

看到這個鐘，我才知道自己已經死兩個禮拜了。

兩個禮拜前的晚上，這棟房子裡到底發生了什麼事？

到底是什麼樣的前因後果帶領我走上死路？

籠罩四周的濃霧遲遲不肯散去。

記得自己已經死了，卻不記得死前和死亡當時的事情。我這個「患了失憶症的鬼魂」還真是滑稽啊。我這樣想的同時——

心中也浮現了一個迫切的疑問：

**我為什麼會丟掉性命呢？**

就在這時，我眼中的世界出現了沙沙雜訊，宛如收訊不良的電視。有個畫面瞬間閃過我眼前。

床邊桌上。

好像放著什麼瓶子和杯子，還有……

房間中央。

有某樣白色的東西垂下來，搖晃著……

……咦？

那是什麼玩意兒？心中冒出這個想法的同時，那些影像便開始淡出了。

我滿心困惑地喃喃自語：「到底是……」

我的喉嚨發出的聲音不過是「生之殘影」，但同樣身為殘影的我卻仍然聽得見。我生前的嗓子十分圓潤，音域不高也不低，如今發出的卻是開岔、粗啞的聲音，我自己也吃了一驚。

我下意識地用雙手捧住自己的頸子。

僅只是殘影的指尖，撫過僅只是殘影的肌膚——啊，靠這份「觸感」無從判斷，可是……

「我的喉嚨。」

我再次低語。

聲音果然很粗啞，難以入耳。

我的喉嚨肯定已經摔爛了。在兩個禮拜前的那一夜，我從二樓走廊跌落到一樓地面，頸椎八成跌斷了，所以才……都變成鬼魂了，我還這麼悽慘……

空洞的「黑暗」再次朝著悵然佇立原地的我席捲而來。

# 5

一般人總是用「出沒」來形容鬼魂的活動。

比方說，在墓地出沒。

比方說，在廢墟或空屋出沒。

發生過不祥之事的十字路口或隧道內……會有鬼魂**出沒**。

對於目擊者來說，所謂的鬼魂基本上應該是平時看不見、感覺不到的存在吧。他們基於某種契機而撞見或感覺到鬼魂的第一時間，肯定會撇下一句「出現了」，並為之詫異、畏懼。

一般而言，人類無法正確預測鬼魂出沒的時間和時機。就算做出預測，也往往會失準。正因為它們總是在意料之外的時刻現身，人類才會覺得它們可怕——應該是這樣吧。

不過自己化身為鬼魂後，我才發現「出沒作祟的那一方」面臨的狀況也頗類似。

死者的靈體（——魂魄？）在肉體「死後」繼續滯留世間原本就是一件不太自然的事，其「存在的本質」非常不安定。

缺乏連續性。

不是確切的整體，而是受外力集合，勉強維持同一性的一團碎片。

所以說——

身為鬼魂的「我」並非無間斷地存在於每分每秒。這種狀態不能以「我在」來稱呼，果然還是說「我出沒」比較精準。

無規律、無目的、無意義（——這是我的看法）地出沒。偶爾現形，偶爾又消失。

我不知道這符不符合一般鬼魂的狀況，也無從查證，至少我的親身體驗是這樣。

姑且可用「睡」和「醒」這兩個狀態來譬喻吧，雖然我總覺得還不夠精準。

死後化身為鬼魂的「我」，平時**沉睡**於先前提到的那片空無「黑暗」中。偶爾會「甦醒」過來，徘徊於人世間，也就是所謂的「出沒」。

**出沒**期間，我的思路總是繞著自身的「死亡歷程」打轉。

我為什麼會死呢？

我剛死的那段期間碰上了什麼樣的狀況？

我……

「患失憶症的鬼魂」心中抱持著許多切身的疑問，還有……

彷彿淹沒我整個人的深邃「悲傷」……

我到底在難過什麼呢？

是我死前這二十六年的人生令我如此哀戚嗎？

還是……

## 6

自從我在五月十七日**醒來**後，偶爾會**出沒**於這棟「湖畔宅邸」中。

出沒期間，我會在如今空無一人的家中獨自徘徊，同時將日漸淡化的「生前的自我」的輪廓重新描深……

賢木晃也。

一九七二年五月三日誕生於夜見山市。

男性，單身——得年二十六歲。

父親名為翔太郎，賢木翔太郎。

他是一名優秀的醫生，但在六年前大病一場，撒手人寰。當時我才正要滿二十歲，真是不幸。享年六十歲。

母親名為日奈子。

她比父親還早過世，四十歲出頭便驟逝了。我當時還在唸國中，那已是十一年前的事了……

我的姐姐月穗大我八歲。

她第一個結婚對象很早就過世了，十一年前帶著當時年僅一歲的阿想回到老家。家母在同一時期去世……最後我們一家就這麼離開了夜間山。

最初找到的落腳處就是這間「湖畔宅邸」。

這棟建於緋波町水無月湖畔的宅邸原本是我父親翔太郎的別墅，因此十一年前的遷居可看作是緊急避難。我的家人其實在隔年就在別的地方買了新家，然後搬了過去。

父親死後不久，我才搬進這棟由我繼承的房子。當時我是縣內某私立大學的學生，趁此機會我申請了休學，但拖了兩年，最後我還是輟學了。

從那之後我便過著獨居生活，從未做過什麼像樣的工作。因為父親留給我巨額的遺產，卻也等於給了我任意妄為的自由。

「你從以前就很喜歡這裡呢。」

印象中，我曾對某人如此訴說。到底是對誰呢？

「我爸也很喜歡這裡，常常藉故跑過來住個幾天。」

掐指一算，那已經是幾十年前的事了——某個外國企業家在這裡建造了母國風格的宅邸，父親碰巧發現，龍心大悅，就決定買了。
除了二樓書齋外，一樓深處還有一座大書庫。塞滿架上的數千本書（搞不好還不只）幾乎都是亡父的藏書。
孩提時代，只要大人帶我過來這裡，我一定會進書庫窩上好一陣子。書架上不僅塞滿了來自各領域的「大人讀的書」，也有小朋友讀了會很開心的漫畫或小說，藏書非常豐富。
我成為屋主後，姪子阿想經常過來玩，他就像以前的我一樣，把這個書庫當成是圖書館來窩著。從比良塚家騎腳踏車過來至少要三十分鐘，還挺麻煩的，但他卻……
月穗在父親辭世的前一年開始與現在的丈夫比良塚修司交往，最後踏上了紅毯。她懷美禮的時候，和我搬進這裡差不多是同一時期的事。
阿想他……把身為舅舅的我視為兄長，十分仰慕我。這是件好事，但我有時候還是會有點擔心他。看到月穗再婚、生下同母異父的妹妹，他的心情一定也很複雜吧。這孩子乖巧內向，但頭腦很好，所以才格外地……
「晃也先生一直以來都一個人住在這裡嗎？」
是說，阿想不知何時曾問過我這個問題。
「你不結婚嗎？」

「因為沒有對象啊。」

記得當時我故作幽默地回答。

「一個人過活也很輕鬆啊。我喜歡這棟房子，而且……」

記得我想不到要接什麼話，只好閉上嘴。阿想歪了歪他小巧的腦袋，望著我的臉。

# 7

世人到底如何看待我的死亡呢？不對，應該先問：「我死於五月三號晚上」是否已成為眾所皆知的事實？

到了五月下旬，這疑問自然而然地浮現在我的心頭。

我已經死亡了半個月，除了我之外並沒有其他人住在這裡。我卻覺得這棟房子本身還沒有斷氣，仍然是活生生的……或許可以這麼形容吧。

廚房有冰箱運作的聲音，我在某次**出沒**時甚至還聽到電話鈴響。擺放在「正廳」的電話響起時，我人在二樓書齋。我好奇地下樓去看，但身為鬼魂的我當然不可能接聽。

那是一支附留言功能的無線電話，嗶聲之後，來電者的嗓音從喇叭裡傳了出來。

——嘿，Sakaki嗎？好久不見啊，最近還好嗎？是我啦，Arai。

Arai……新井？還是荒井？

我翻查有如斷簡殘篇的記憶，最後總算有了結果：以前有個同學好像就叫這個名字……

我還真有臉叫阿想「多交點朋友」啊。生前（尤其是最近這幾年）我根本沒有半個稱得上是朋友的交際對象。

我想我並不是極度討厭社會關係的那種人，但我很不擅長配合別人的興趣和興致聊天，所以關係難以長久維持……

——我之後會再打來。

Arai接著說。我完全想不起他的長相。

——你應該還是過著悠哉自在的生活吧？我有事想找你這個公子哥談談……嗯，你要是有興趣的話也可以主動聯絡我看看囉。好嗎？

世人肯定認為生前的我：「年紀也不小了，還不肯好好工作，整天混吃等死。」也可換個方式形容，感覺會比較不一樣：「高等遊民式的生活」。「遊民」就先撇開不談了，但真的稱得上是「高等」嗎？我自己也感到疑惑。

我偶爾會帶著心愛的相機開車出遠門閒晃。大學休學時期，甚至會晃到海外去，像是拜訪過東南亞的印度，印象中也去過一次南美洲。可是……

那一切對我來說都像是現實感稀薄的夢境，感覺好遙遠。

我到底是為了追求什麼才踏上那些旅程呢？現在的我完全無法體會當時的心情。

這棟宅邸內到處擺放著我拍的照片，有些是在旅途中拍的，而在附近拍的也不少。有次我碰巧在海邊看到難得一見的海市蜃樓，因此拍到了一張稀有的美景照，它也列在宅邸內的收藏之中。

## 8

我坐在（正確的說法是：「自以為坐在」）二樓書齋的書桌前，思緒繞著生前的自己打轉。

大書桌的一側放著舊型打字機，但現在的我並沒有啟動它的「能力」。

對不具備肉體，也就不具備實體的鬼魂來說，按下這種機器的電源開關或操作這類機器……等等的積極作為似乎都在能力範圍之外，這並不令人感到意外。不過鬼魂也並非完全碰觸不到、移動不了物體，比方說打開書或筆記本、開門等等行為……就辦得到了。

到底哪些行為可行，哪些不可行？區隔兩者的界線並不明晰，不過後者的物理運動在「活人」眼中看來，應該就相當於搗蛋鬼作祟等等的靈異現象吧？那情形不難想像。

「這是什麼照片？」

記得有人問過我這個問題。那是什麼時候的事？發問者又是誰？

「右邊這位是年輕時的賢木先生嗎？」

可以確定對方不是阿想，因為他不會叫我「賢木先生」。

書齋的桌子上放著一個樸素的白色木頭相框，對方問的就是相框內的舊彩色照片。它現在也還放在原位。

照片中有五個年輕人。

三男兩女——站在畫面右手邊的男人確實是我。當時我身穿紺色的ＰＯＬＯ衫，右手扠腰，笑臉迎人，左手握著茶色的拐杖。

照片好像是在附近拍的。以湖為背景，可見是在水無月湖畔拍的照片囉？

照片右下角印有攝影日期「1987/8/3」，相框上有手寫字跡：「國中最後的暑假」。

一九八七年。對，就是母親驟逝、我們全家離開夜見山那一年，已經是十一年前了。

這是在暑假拍的……

國三生，十五歲的我——賢木晃也。

另外四個人……對，他們是和我同年的朋友。

「這是很有紀念價值的照片喔。」

記得我是如此回答對方的問題。

「對，是紀念照，那年暑假拍的。」

「這樣啊。」

對方語氣平淡地回答。

「照片中的賢木先生笑得好開心，跟現在好像不是同一個人……」

……我對著記憶抽絲剝繭，最後終於想起對方是誰了。

原來，是那個少女啊。

去年七月底，在海邊和我重逢的異色瞳少女。她後來進了這棟屋子，才和我進行了那段對話……

那少女叫 Mei，見崎 Mei。

「Mei」寫作「鳴」——見崎，鳴。

# Sketch 2

長大成人是怎麼一回事呢？

——嗯？

你還小的時候，會希望自己趕快長大嗎？

呃……記不太清楚了耶。

幾歲才算是大人啊？

成年是二十歲，以前稱為「元服」。以前的男孩子舉辦成人禮的時間更早，十二歲就辦了。

時代不同，小孩變成大人的時間也不同嗎？

視時代、國家、社會而定囉。

嗯……

我的感覺是，嗯……上了高中就算是大人了。國中生還是小孩，因為接受的仍是義務教育，而且也不能結婚。

上了高中就能結婚了嗎？

女孩子十六歲就能結婚，男孩子要等到十八歲，規定是這樣。

嗯……

# 1

據說鬼魂會「憑附」他者。

憑附對象為特定的場所或人，偶爾還會寄身在物體中。

假設鬼魂憑附一間房子，它就會變成鬼屋。人若是被鬼附身，甚至有可能丟掉性命，就像《四谷怪談》❶裡的故事。帶給主人不幸的「受詛咒的寶物」則是鬼魂憑附之物的一種。

以鬼魂為題材的虛構故事多得不得了，但它們都只是活人想像出來的產物。沒有人知道**鬼魂的真實狀況**，也無從得知。

儘管我現在變成了貨真價實的鬼魂，我也無法正確描述所有鬼魂的共通本質。我也

❶以元祿時代發生在江戶四谷町的事件為基礎創作出的怪談。

只知道我自身的狀況罷了……

是說……

我為什麼會變成這樣呢？

這問題一直令我在意得不得了。

我想，並不是所有死去的人類都會變成這樣。

人死後到底會怎樣呢？會前往天國或地獄等等的，所謂的「他界」嗎？還是說，人死後只會歸於「無」呢？——這些大哉問都先拋下不管吧。

像我現在這樣不上不下、不自然又不安定的「存有狀態」就是死後普遍的「存有狀態」嗎？我實在很難相信。如果世界上有這麼多鬼魂的話，一定會引發一些重大事件……我甚至覺得全世界的鬼魂會不會只有我一個。

我這種不上不下、不自然又不安定的……存在形式，會不會是相當特殊的死後「存有狀態」呢？

這份懷疑和其他種種因素令我不禁想問：

我到底為什麼會變成**這樣**？

想來想去，總是會繞回這個問題，我在意得不得了。

應該是有什麼相對應的理由或原因吧——這個想法在心中老是揮之不去。

如果我，賢木晃也的鬼魂**正處於憑附狀態**的話——

那我憑附的對象應該就是個「場所」吧，也就是我生前的住所兼喪命之處，「湖畔宅邸」。然而……

我是不是只會在宅邸內**出沒**呢？答案卻又不然。

五月二十七日的晚上。

我首度**出沒**於「湖畔宅邸」之外的地方。

## 2

……我在面對屋外走廊的寬敞房間內。

那房間原本是鋪榻榻米的和室，後來大肆改裝為近似西洋風格的客廳兼餐廳。地上鋪著上等絨毯，毯子上擺放著黑色餐桌椅，桌上排放著幾個盛裝料理的盤子和飯碗——是某戶人家的晚餐餐桌。

此時此地有三個「活人」在場。

比良塚月穗，也就是我的姐姐。

還有她的兩個小孩，阿想與美禮兄妹。

坐在餐桌邊的三人的身影映在走廊側的窗玻璃上。**回過神來，我才發現自己已盯著這畫面看了一段時間。**

我困惑了一會兒，之後就想通了。哈，看來我這次突然**出沒在這裡**了，而非在「湖畔宅邸」現身。

所謂的「這裡」就是月穗一家居住的比良塚家。

它和「湖畔宅邸」同樣在緋波町，不過前者位於歷史悠久的市鎮內，與建於別墅區，也就是和度假區的宅邸之間有一段距離。我生前拜訪過這裡幾次，對這間客廳兼廚房有點印象。

我，賢木晃也的鬼魂，不知為何突然就在**此地**——比良塚家現身了。

窗玻璃如鏡子般映照出母子三人的身影，除了他們之外並沒有第四道身影。

但是——

**我也在這裡，這點是肯定的。**

我孤零零地置身於餐桌旁，眺望著屋內光景。

看著那三人的表情與舉止。

聽著他們的聲音與對話。可是——

他們三人都沒有注意到我的存在。身為「活人」的他們，基本上是看不到「死者」（也就是鬼魂）的。

牆上掛著時鐘。

時間是晚上七點半，室外的夜色已經昏暗。

時鐘上也有日期：

五月二十七日，禮拜三。

五月二十七日……啊，對呀，沒記錯的話這天應該是……

朦朧的記憶浮現在眼前。

這天應該是月穗的……

「媽媽，媽媽。」

美禮對著月穗說。

「爸爸呢？爸爸呢？」

「爸爸啊，在工作。」

月穗溫柔地回答。

「爸爸在工作？爸爸一天到晚在工作嗎？」

「他在做重要的工作啊，所以才……」

簡單說，月穗七年前再婚的比良塚修司是當地古老家系出身的企業家，他的公司先是立足於不動產與建築業，之後逐漸將觸角伸入其他領域；據說他可是個手腕高明的狠角色。

年紀比月穗大了一輪的他，為什麼要選結過婚，還有著拖油瓶的月穗當伴侶呢？他們交往的經歷我並不清楚。

「今天明明是媽媽的生日。」美禮說。

她今年六歲，是個還沒上小學的娃兒，表達能力卻出人意料地好。

「他不要和我們一起慶祝嗎？」

五月二十七日，沒錯，是美穗的生日……

「不是都會一起慶祝嗎……」

美禮窮追猛打。

「爸爸的生日，還有美禮和哥哥過生日的時候，我們都會在蛋糕上插蠟燭，唱生日快樂歌啊……」

「對啊，但是今天有點不方便。爸爸還回不來。」

「哎唷——」

美禮似乎很不滿。

「蛋糕呢？蛋糕呢？」

「啊，真不好意思，今天也沒有買蛋糕耶……」

「咦咦咦？」

美禮似乎越來越不滿了。

一旁的阿想從頭到尾緊閉雙唇。從我的位置無法直接看見他的臉，因此我望向玻璃窗，窺伺他的表情。

他……該說是面無表情嗎？

也可看作是缺乏霸氣、封閉自我，或是對旁人的事一概不管……

「賢木舅舅呢？」

美禮問月穗。

「去年他不是有來參加生日會嗎？」

「啊……」

月穗突然變得有點慌亂。

「對耶，可是晃也今天也不會來，他最近似乎又到別的地方旅行了。」

到別的地方旅行？怎麼這麼說？

我明明就在那個晚上死了啊。

死去的我，現在明明就在這裡啊，以鬼魂之姿**出沒**著啊。

——我很想訴苦，但最後還是斷了這個念頭。就算我出「聲」，他們的耳朵理論上也聽不見。

電視櫃上的電視機開著，似乎在播女孩子會喜歡的奇幻系動畫，美禮的注意力很快就轉移到節目上，不再鬧脾氣了。

阿想依舊面無表情，雙唇緊閉，飯也不怎麼吃。

「阿想，你還好嗎？」

月穗有些擔心地問他。

「不吃了嗎？」

「——嗯。」

阿想回答的聲音很小，若有似無。

「——吃飽了。」

「明天有沒有辦法去上學呢？」

月穗又追加一個問題，而阿想不發一語地搖搖頭。

# 3

月穗將餐桌收拾乾淨，攤開報紙閱讀。

美禮靜靜看著電視。

阿想側躺在客廳沙發上，依舊無言，板著無表情的面孔……

他們三個似乎完全沒注意到我也在這個房間內。

不管我做出何種舉動，他們都看不見；我發出的聲音他們也都聽不見。這也是理所當然的，因為**變成這樣子**的「我」對他們來說等於是「不在場的存在」。

話說回來……

月穗剛剛為什麼要說我「出門去旅行了」？

五月三日的晚上，我命喪「湖畔宅邸」的「正廳」，死因是從二樓跌落。但月穗卻……

她不知道這件事嗎？

不，不對，她不可能不知道。

月穗理應知情。

我死於哪一夜、何處，她應該……（做什麼……晃也）。

當我站在有毀損痕跡的扶手旁俯瞰一樓時，突然覺得自己似乎就快想起什麼了。記憶的碎片中有一些說話聲（……別管我）（怎麼這樣說……不行）。

沒錯，我想那應該是月穗的聲音。

還有一個回應她的聲音（不要管我……），應該是我自己發出來的。

也就是說——

五月三日當晚，月穗應該在現場目擊了我的死亡瞬間。那她又為什麼……

不只是月穗。

我移動到側躺於沙發上的阿想身旁，觀察他的表情。

目擊那一幕的人不只月穗一個。

阿想，你應該也看到了，當時你也在那裡……

「我不知道……」

阿想低聲呢喃，時機接得剛剛好，彷彿是我的意念傳達到了他的心中，而他做出回應。

「我不知道，什麼都不知道啊。完全……」

「阿想，你怎麼啦？」

月穗訝異地看著他。

「怎麼啦？怎麼突然……」

在她看來，阿想等於是無來由地開始自言自語吧。

阿想一語不發地從沙發上起身，走向餐桌，盯著月穗攤開的報紙看。

社會版上有個字體頗大的新聞標題，我的目光也被吸了過去。

**夜見山北中學發生意外**

**女學生身亡**

標題如此寫著。

「咦？怎麼了啊？」

月穗的反應有點狼狽。

「這個嗎？這篇報導怎麼了嗎？」

月穗歪了歪頭，心情沉重地「啊」了一聲。

「我記得夜見山北中學就是以前晃也讀的學校……」

月穗再度望向阿想的臉。

「晃也跟你說過什麼嗎？」

她如此提問。

但阿想依舊無言。他轉動了幾下脖子，意思不清不楚的。

## 4

五月二十七日的早報報導。

**夜見山北中學發生意外**

**女學生身亡**

「意外」的實際情形如下。

五月二十六日，夜見山中學舉辦段考期間，三年級的女學生櫻木由香里得知母親出了車禍，急忙提早離校，途中跌下校園內的階梯，重傷不治死亡。當晚，其母也在醫院內身亡。

月穗或阿想讀到這篇報導時，想必會有「真是個不幸的意外」的感想，若說還有其他感觸的話……

肯定是因為「夜見山北中學」這個校名，以及死者是「三年級的學生」這個事實吧。

月穗說的沒錯，我曾經是夜見山北中學（略稱「夜見北」）的學生。我們全家人在十一年前搬離夜見山，當時我就讀三年三班。還有……

……我還記得。

**那份記憶**至今仍留存在我心中，我還召喚得出來。

那間學校的三年三班代代相傳的秘密——降臨於三班「關係人士」身上的，毫無道理可言的「災厄」。

月穗一定也還記得，看來是在重讀報導的過程中注意到校名了吧。

那，阿想呢？

——晃也跟你說過什麼嗎？

月穗問阿想，阿想的回答應該是「Yes」才對——沒錯，我記得自己曾經對他說過**那件事**。

我對著前來玩耍的阿想訴說了許多往事。開口前有些猶豫，不過我最後還是把那件事也告訴他了。

「所以你們家才搬離夜見山嗎？」

當時的阿想有點怯懦地問我。

「嗯……對啊。」

我低著頭回答。

「我，還有我爸——我們都很害怕，所以才選擇逃跑。逃離夜見山，搬到這裡來。」

## 5

從這天晚上起，我偶爾會**出沒**在「湖畔宅邸」以外的地方了。

有時在月穗住的比良塚家現身，有時則出現在她家附近，而且是我有印象的區域。**出沒**於「湖畔宅邸」時，也不一定是在家中現身。我曾經在大白天現身戶外，散步於庭院之中，也曾在四周林間或水無月湖畔突然**醒來**。

反覆出沒的過程中，我發現了一件事。

世人似乎並不認為我，賢木晃也，已經「死了」。

「我已死於五月三日」並非眾所皆知的事實。大家似乎都認為我還活著，又優哉游哉地跑到某個地方旅行去了，就像月穗對美禮說的那樣。

這到底代表什麼呢？

我確實已在那天晚上死去了。

死後，化為鬼魂。

世人卻不知道我已經死了——為什麼呢？

想來想去，答案只有一個吧。那就是……

有人刻意隱瞞。

# 6

「……之前那件事呢？還好嗎？」

比良塚修司問。

「——嗯。」

月穗悄聲回答。

「至少目前沒什麼狀況……大概啦。」

「外人都以為他一個人出門旅行了，對吧？」

「嗯，我都是這樣跟別人說的。」

「那棟房子也不會出什麼紕漏囉？」

「水電費是從銀行自動扣繳，所以目前應該是不會有問題……電話費也一樣。我也已經跟報社說他家有些狀況，不會再續訂了……」

「他和鄰居沒什麼交情，也幾乎沒有朋友會登門拜訪，是吧？」

「——嗯。」

剛進入六月不久的某天晚上，我出沒在比良塚家，聽到了這段夫妻對話。我獨自行走於古老大宅的幽暗長廊上，碰巧經過兩人所在的和室。

紙門另一頭傳來的說話聲令我心頭一驚，趕緊停下腳步豎耳傾聽。這就是所謂的「隔牆有鬼」……

「……請問阿想的狀況如何？」

發問者是修司。他的年紀明明比妻子大了一輪，說話還這麼客氣啊。

月穗短嘆一口氣後回答：「還是老樣子。」

「基本上就是整天躲在房間裡，有時候叫他出來，他也不肯……」

「哎，暫時也無能為力吧。」

「不過，我向他問起那天晚上發生的事，他總是說『不知道』，或是『我不知道』、『不記得了』。」

「——這樣啊。」

比良塚修司雖然是企業家，但他大學讀的是醫科，具備醫師資格，經歷異於常人。

當初也是因為他在醫界佔有一席之地，才和亡父翔太郎搭上線，進而與月穗結緣。

「應該也沒什麼身體不適的跡象吧？」

「——嗯。」

「我再找個機會跟他談談吧。我也有幾個熟識的醫生是專攻這個領域的，有必要的話也可以請他過來。」

「我想，那孩子就是因為打擊太大才……」

「當然的吧。不過……這樣妳沒問題吧？月穗小姐。妳明白的吧？」

「——嗯，我明白。」

偷聽這次談話後，我心中的懷疑轉變成為確信。

他們（至少比良塚修司與月穗兩人是這樣）明知我，賢木晃也已死的事實，卻不肯讓第三者知情。他們基於某種理由，想要隱瞞五月三日那晚發生的事情。

## 7

我，賢木晃也已死的事實遭到隱瞞。

真相掩藏在世人見不到的地方。

當然也就沒人幫我舉行葬禮，遺體也沒能燒成骨灰下葬。

——然後呢？

我被迫思考一個問題。

五月三日當晚，我在「湖畔宅邸」的「正廳」嚥下最後一口氣後發生了什麼事？我（或許該說**我的屍體**才對）後來接受了什麼樣的處置？被運到哪裡去了？現在的狀態又是如何？

我想著想著，開始覺得……

我死後變成**現在這樣**的原因，說不定就出在**這裡**？

沒人為我舉辦葬禮，屍首也沒下葬。

連本人（的鬼魂）都不知道它現在到底在哪裡，狀態如何。

那麼……

我死後化身為如此不自然、不安定的存在，還繼續在人世間徘徊——會不會正是這**種特殊狀**況導致的呢？

如果……

如果真是如此，我……

# 8

「這個湖啊，有一半已經死了。」

印象中我說過這樣的話。

六月中旬，我站在水無月湖畔眺望深綠色的湖面。一段時間後，我突然想起這段對話。

「好像是叫雙層湖吧，上下層——也就是淺水層與深水層的水質是不一樣的。上層是淡水，下層是半鹹水。」

「半鹹水？」

說話者輕輕歪了歪頭。

我向他說明：半鹹水是淡水與海水混合而成的低濃度鹽水……

「鹽水較重，因此會沉到下層，那裡的氧氣經年累月地分解，最後便會消耗殆盡，而動植物無法生長於缺氧的水域。湖底的世界是無生命的世界，因此才說它有一半已經死了。」

「一半，死了。」

對方重複我的話。

之後，她摘下了左眼上的白色眼罩——沒錯，她就是那個名叫見崎鳴的少女。我們一邊眺望湖面，一邊聊天。

「喔？」

我對著少女說。

「為什麼要拿下眼罩呢？」

「——沒為什麼。」

少女不帶感情地回答。

她頭戴草帽，身上穿的白色洋裝散發出清涼況味。紅色運動鞋，小肩背包，手臂下方夾著一本素描本——她的打扮鮮明地浮現在我心中。

這是……去年暑假的事。

當時應該是八月初。七月底我們在海邊見過一次面，幾天過後阿想來我家玩，說他看到她坐在「湖畔宅邸」旁的樹蔭下，手中攤開一本素描本。她對阿想說：自己在附近散步，碰巧發現這棟房子，突然很想把它畫下來，並不知道我其實住在這裡。

我當時剛好在湖畔，阿想就帶她過來找我……

「妳喜歡畫圖啊？在學校是參加美術社嗎？」

不管問她什麼，她都不回答。她的視線掃過湖面，並說：「離海這麼近的地方竟然有個湖啊。」

「妳不知道嗎？」

「……」

「這附近還有兩個湖，合稱緋波三湖，小有名氣呢。」

她輕輕點頭，視線持續在湖面上游走，而我在這時對她說：

「這個湖啊，有一半已經死了。」

# 9

「和海邊相比，我更喜歡這裡。」

我記得當時見崎鳴如此對我說——我想起來了。

當時是盛夏午後，不過天空飄著稀薄的雲氣，日照並不強烈，湖上吹來的風也很涼爽。

「為什麼？」

我問她。

「常聽人家說『海邊那麼近，就過去看看嘛』，但很少有人特地跑來看這個湖。算是比較沒有人氣、容易被忽略的景點。」

「因為……」

見崎鳴左右兩邊的眼瞼緩緩闔上，又打開。

「因為啊，海裡的生物太多了。我比較喜歡這邊。」

「——嗯。」

然後……對，是在這之後的事。隔了幾秒後，我對她說了這樣的話。

「妳的眼睛，那隻藍色的眼睛。」

我看著她拿下眼罩後顯露出的，藍得不可思議的義眼。

「它的所見之物……所見方向說不定和我一樣呢。」

「為什麼？」

她又問了一次。

「為什麼這麼說……」

「呃，為什麼呢……」

我只給得出曖昧的回應。

「到底為什麼呢？」

稍後她低聲呢喃：「和我一樣的話……大概不是什麼好事。」

「為什麼這麼說？」我問。

她以左手蓋住藍色的左眼，沉靜地搖搖頭。

「——沒有為什麼。」

見崎鳴。

據說是家住夜見山的國二生，也就是說，她今年春天已升上國三。

她就讀的學校會是哪一所呢？

我突然對這件事在意得不得了，一陣寒意幾乎在同一時間爬上背脊——我明明是個鬼魂啊……

她就讀的學校有沒有可能是「夜見山北中學」？還有，升上三年級的她，有沒有可能被編到三班？

報紙提及的意外身亡的櫻木由香里會不會是她的同學？

……

……

「……可能性不是零。」

我以開岔、粗啞的嗓音喃喃自語。

## Sketch 3

你想變成大人嗎？還是不想？

……都不想。

都不想？

小孩很沒有自由……但是我又討厭大人。

討厭啊。

不一定啦。要是能變成喜歡的大人，我會希望越快越好。

哈哈，可是啊，變成大人後也沒什麼好事喔。

是這樣嗎？

我啊，好想變回小孩呀。

為什麼？

……

為什麼想變回小孩呢？

……大概，是因為我有想要喚醒的記憶吧。

什麼記憶？

喔，就是……

# 1

六月結束了，時序進入七月……夏天的腳步越來越近，人事景物不斷變遷，只有「我」完全沒有改變。

依舊是「存在形式」不自然、不安定的鬼魂，不上不下地滯留在「人世間」，偶爾會出沒在幾個地方，不過沒有週期性也沒有規則可言。

「湖畔宅邸」與其周邊是一個出沒地點。

比良塚家中與其周邊也是一個。

我也曾經在上述地點之外的區域出沒，像是雨天的海邊小徑，或是人煙稀少、沒沒無名的神社境內……

不過從來沒人注意到我的存在，完全沒有。

我到底為什麼會變成**這個樣子**呢？

我認為自己已想出問題的答案了。我不敢說自己有十足的把握，但在我想像中大概是那麼一回事。

「怨恨某人」、「對未能完成之事抱持悔恨或執著」應該都不是正解。如果我心中真有那麼強烈的意志，再怎麼失憶也不至於忘得一乾二淨吧。實際上我卻……

還有，我並沒有什麼怨恨的對象。

也不覺得自己有什麼事沒完成——應該啦。

我心中只有無邊無際、無從捉摸的悲傷……

因此……

思考過後，我認為原因一定是出在我的死「無人弔唁」。

雖已身亡，卻沒人知情。沒舉辦葬禮，也沒正式下葬。不僅如此，連我自己都不知道自己死後的身體（也就是屍首）現在到底怎麼了——一定是因為這個情況實在太荒唐了，我才會變成**現在這個樣子**吧。

如果真是如此……

## 2

不管我在哪裡**出沒**都一樣。就算主動去接觸在場的人，對方也不會察覺到我的存在。說不定有人能感覺到我的「氣息」，但也不是每次都會碰到這種人。

也就是說——鬼魂其實也有很多種，我想一定是這樣。

以強烈怨念為根本的「怨靈」會憑附於憎恨對象的身上，最終說不定能取其性命。像這樣的鬼魂說不定就具備「容易被人察覺（容易被目擊）」的性質——我做了許多類似這樣的推測，儘管想了也是白想。

而我根本就是不同種類的鬼魂吧。基本上沒人會察覺我的存在，也沒人會目擊到我。我更不會憑附到特定的對象身上，或取其性命，因為也根本就沒有這種能力——不管我以何種形式在哪裡出沒，對別人來說我都是完完全全地「不在場」。

我只能告訴自己「就是這樣子」，接受事實……所以時序進入七月後，想要自我放棄的情緒越來越濃烈了。

要不要製造搗蛋鬼現象式的騷動，試著引起旁人的注意？這我也考慮過，但我並不覺得對方能了解我的意圖。（**賢木晃也死後化成的鬼魂，就在這裡！**）惡作劇只會引起混亂吧？想到這裡就失去了幹勁。作弄阿想或美禮當然沒用，故意去鬧月穗和修司這兩個疑似隱瞞死訊的人也一樣……

我現在唯一能做的事。

做了可能會有意義的事，就是——

尋找自己的身體吧。

五月三日晚上，命喪「湖畔宅邸正廳」的我的屍體。大家不曾弔唁、肯定也沒有好好下葬的我的屍體。

至少要查出它現在到底在哪裡？現在它到底變成了什麼樣子？

將它找出來，親眼確認屍體，實際去感受具備「形體」的、無可置喙的「自身的死亡」……

之後說不定……

說不定我就能擺脫現在這樣的狀態了。

# 3

此後——

我每次出沒，都會去「尋找自己的屍體」。

我不覺得那個會在比良塚家中或鄰近地區，放在「湖畔宅邸」內或鄰近地區的可能性比較高。

首先搜尋家中各個角落。

一、二樓的每個房間，屋頂閣樓，地下室。浴室和廁所當然沒放過，置物間、衣櫃、各種櫃子也都找了。我能否產生物理作用力視時間和場合而定，作用力的範圍與程度也有限，不過開關房門和抽屜並不會遭遇什麼困難。

二樓有幾個上鎖的房間，但不具備實體的我通行無阻，只要想進去就能進去。閣樓和地下室也去過了，一直沒在使用的老舊暖爐的深處也探頭進去看了，可是……

找了半天，就是沒在家中找到我自己的屍體。

下一個調查的地方是與主建築比鄰而建的車庫。

自從成為鬼魂後，我還沒進過這裡。這棟一層樓高的木造「小屋」一看就知道是工匠傾注多年工夫打造而成的，我生前把這裡當成車庫兼工具放置場。

車子依舊停在原處。

那是一輛白色的旅行車，車況稱不上好。我沒有機車或腳踏車，因為左腳舊傷的關係，我只乘坐四個輪子的車。

車門沒上鎖，鑰匙掛在車庫內的掛勾架上，維持我死前的原樣。

駕駛座、副駕駛座、乘客座、行李箱……都沒有我的屍體。

車庫內的每個角落我都查看了，連車子下面都沒放過，但還是一無所獲。

不在建築物內。

那就是外面囉?範圍頓時變得極為寬廣。

主屋附屬的前院、後院,四周的森林,湖畔。也可能在土中,湖中。穿過樹林便會到達海邊——這樣想下去根本不知該從何找起。

簡單說,屍體的所在位置跟「五月三日當晚,賢木晃也死後的現場發生了什麼事」息息相關吧。但賢木晃也本人,也就是我,化為鬼魂後竟然還是毫無頭緒,實在是太沒道理了。我一面怪罪死亡前後有如濃霧籠罩的「記憶的空白」——

一面反覆自問。

話說回來,我到底為什麼會丟掉性命呢?

我死後的陳屍現場發生過什麼狀況?

如果不解開這些疑問,我很難繼續搜尋下去。頂多只能先以「湖畔宅邸」為中心,逐漸將搜尋範圍往外推……

但另一方面,我也覺得沒什麼好急的。

反正我的死已成事實。

現在這樣的狀態絕對稱不上自在,但我就算真的找到自己的屍體,事情又會產生什麼變化呢?我自己也沒有確定的答案。是有個大略的想像啦,但我真的希望走到那一步嗎?越想越覺得不知該如何是好……

不過……

「我覺得人啊，死後就會在某處與大家搭上線。」

啊……這是？

對，這我自己某次對別人說的話。

「『大家』是指誰？」對方回問。

記得當時我是這樣回答的。

「就是，比我更早死掉的大家。」

結果……

結果我死後還是一個人在這裡，化身為不自然、不安定、無依無靠的存在。

希望不要永遠**這樣**下去——我心中確實有這麼一個小小的聲音。

## 4

將近七月中的某一天，「正廳」的電話響了，我剛好在場。

——Sakaki？喂——不在嗎？

答錄機預錄語音播畢後，喇叭傳出我有印象的男性嗓音。

——是我啦，Arai 啦。你一直都不在家嗎？沒聽到我上次的留言嗎？

兩個月前有聽到，可是……

從他的說話方式來判斷，他後來似乎又打了好幾通電話。印象中，他兩個月前打來是說有事要找我談。

——難道你長期旅行去了？那就傷腦筋了。你好像沒手機吧？希望你會注意我的留言啊，起碼不要漏掉過去夥伴的ＳＯＳ嘛。

就算你這麼說……我還是束手無策啊，真是抱歉了。再說，我到現在還是想不起這位「夥伴」的長相。

——說是說ＳＯＳ，不過嘛，只是希望你像先前那樣幫我一個小忙啦。我們畢竟在Yomikita 同甘共苦過嘛。

咦？

在 Yomikita，同甘共苦？

「Yomikita」是指「夜見北」吧？夜見山北中學的略稱。十一年前，我在那裡讀到高三，但沒讀到畢業……

Arai 是我當時的同學嗎？

夜見北……那一年的三年三班學生嗎？

——總之，聽到這留言後就跟我聯絡吧。拜託了，Sakaki 老弟。

電話掛斷後，我立刻前往二樓書齋。

老友 Arai……Arai 寫作新井還是荒井？我到現在還是想不起來，不過他說不定……立在書齋桌上的相框，展示著一九八七年夏天拍的「紀念照」。他說不定是照片中的其中一個人。

## 5

據說，一九七二年是一切的起點。

距今二十六年前，對十一年前讀國三的我來說就是十五年前。

夜見北三年三班有個叫 Misaki 的學生死於年初。

Misaki 人緣很好，每個人都很喜歡她，大家無法接受這個突如其來的死訊。

「Misaki 才沒死，她現在也還活著，待在教室裡的**一角**——全班同學開始**演這齣戲**，連級任導師都配合，據說大家一路**演**到畢業典禮那天。」

記得我以前向阿想提過這段往事。

畢業典禮後發生了一件怪事。大家在教室內拍的全班合照中，出現了不可能在場的

Misaki的身影。

「靈異照片？」

我記得阿想歪了歪頭，如此對我說。

「嗯，那一類的吧，我也沒看過那張照片就是了。」

我回應他，並接著說：

「據說這次事件是一個楔子。比這更古怪……或者說更可怕的事情開始降臨到日後的三年三班了。」

這現象不是每年都會發生，似乎有所謂的「有事之年」和「無事之年」。在「有事之年」，教室裡會突然多出一個成員。沒有人有辦法判斷「多出來的人」是誰，只知道新學期一到，教室裡突然少了一套桌椅，代表班上多出了一個人。然後……

「『多出來的人』混進班上的那一年，三年三班便會有災厄降臨。」

「災厄？」

「不好的事情或災難，也就是說……有人會死掉。那一年的每一個月，都會有三年三班的關係人士死掉……」

死因包括出意外、生病，或者自殺等等，**應有盡有**，不過總而言之，每個月都至少會有一個「關係人士」喪命。學生、老師、甚至是他們的近親都算是「關係人士」，整個現象會一直持續到畢業典禮那天。

「那是……」

阿想聽完說明，起先還是歪了歪頭，似乎有點困惑。

「那是詛咒嗎？」

「詛咒……啊，也是有人這樣說。不過呢，混進班上的『多出來的人』並不是Misaki的惡靈。根據流傳下來的說法，『多出來的人』是『死者』……也就是過去死於『災厄』的人。不過那個人不會主動做什麼壞事，因此跟所謂的詛咒好像又不太一樣。」

「那是……」

阿想似乎真的很困惑。

「那是真的嗎？」

「我說謊騙過阿想嗎？」

「可是……」

「是真的喔。」

我正經八百地回答。

「十一年前，我真的體驗過那個**現象**，就在夜見北的三年三班……」

有幾個同學發現教室桌椅與學生數搭不起來，開始鼓譟說今年是「有事之年」……四月一到，某個同學的祖母過世了，但她是病死的老人家，因此有不少人懷疑這只是時機碰巧的不幸事件。可是……

「五月有校外教學。開往機場的巴士在離開夜見山前出了大車禍。」

我邊說邊指自己的左腳，事故當時留下的傷痕還在。阿想「啊」了一聲，臉上的困惑轉變為恐懼。

「我們班上有幾個人在那場車禍中喪命，包括同行的級任導師在內。大家……在同一輛車上的大家渾身是血——場面非常悽慘。」

我嘆了一口氣，緩慢地搖頭。阿想睜大雙眼，彷彿隨時都會哭出來。

「我也身受重傷，住院一個多月才康復。好不容易回到學校，卻輪到我家碰上了『災厄』。阿想當時才一歲，所以不記得。那是那一年六月中的事……」

我的母親日奈子，死了。

她一個人外出購物，結果突然癱倒在地，救護車趕到時已經回天乏術了。死因是心臟衰竭，不過我的父親翔太郎錯愕不已地說她的健康狀況大致良好，不敢相信她會突然猝死，為此哀嘆、悲痛。

我先前一直沒告訴父親三年三班的秘密，這次就趁機說了出來，打破了班上流傳的戒律：隨便告訴外人反而會招來更多災難。

五月的巴士車禍與六月母親的猝死都有可能是三年三班的「災厄」所致，一定是這樣不會錯的。

如果三年三班流傳下來的說法是真的，那麼災厄還不會結束。下個月，下下個月，下下下個月……一直到畢業典禮前的每個月都會有三班的「關係人士」身亡。我可能會死，我的家人——父親或月穗姐姐也有危險。

「我爸——阿想的爺爺是醫生。醫生信奉科學，所以沒有馬上相信我的說法，但我還是拚命說服他。他似乎也有感覺到巴士車禍後我媽的猝死背後有一股不尋常的力量在運作……」

「所以你們才搬離夜見山囉？」

阿想的眼睛依舊瞪得大大的。

「嗯……對啊。」

我低著頭回答。

「我，還有我爸——我們都很害怕，所以才選擇逃跑。逃離夜見山，搬到這裡來。」

只要我轉學，跟著家人一起搬離夜見山，我們就能確實地避開「災厄」。我們當時就是這樣想的，所以才……

我們撤離夜見山的家，住進「湖畔宅邸」緊急避難。那是七月初的事。

該月，夜見北三年三班有個學生從學校屋頂跳樓自殺身亡。

## 6

**國中的最後一個暑假。**

老代久遠的彩色照片的相框上如此寫著。她站在相框所立的書桌前，再度凝望那張照片，同時發問。

「這是什麼照片？」

我想起去年夏天與我同在書齋的少女——見崎鳴向我提出的問題。

「右邊這個人，是賢木先生嗎？」

五人排成一列，以湖泊為背景。

右手邊單手扠腰的那個男子確實是我。照片上印的日期是「1987/8/3」，當年的賢木晃也十五歲。

「這是很有紀念價值的照片喔。」

記得我是如此回答對方的問題。

「對，是紀念照，那年暑假拍的。」

「這樣啊。」

對方語氣平淡地回答。

「照片中的賢木先生笑得好開心，跟現在好像不是同一個人……」

我想起了當時懷抱的想法：妳說得或許沒錯。總覺得長大成人後，我再也沒有笑得這麼開懷過了。

「因為和死黨在一起啊。」

我當時好像是這麼回答的。

「我們都是同一所國中的同學。」

……沒錯。

在這張照片中露面的人，對，他們都是我在夜見北三年三班的同學。

「這是我爸幫我們拍的照片喔。」

記得我還補了這麼一句，儘管對方根本沒問。

「爺爺當時也在啊？」

一旁有人說話，是阿想。

這天很難得，月穗不只帶阿想過來玩，連美禮也來了，母女兩人在樓下笑鬧著。

「嗯。」我轉頭面對阿想。

「那時爺爺也住在這裡，你也在唷，不過你還是個小嬰兒。」

「媽媽在嗎？」

「當然在啊，她那時應該全心全意在照顧你吧。」

少女似乎瞇起沒戴眼罩的右眼，靜靜聽著我們的對話。

## 7

我再次細看十一年前的暑假拍的「紀念照」，一一確認除了我以外的另外四個人的長相或裝扮。

他們是兩男兩女。

兩個男孩子在照片左手邊，兩個女孩子在右手邊。站最右側的我和女孩子之間的縫隙還滿大的。我的左手拿著拐杖，大概是因為事發三個月後，我的腳也還沒完全痊癒吧。

站坐左邊的男孩子像竹竿一樣高高瘦瘦的，身穿花稍的夏威夷衫，徹底散發出「我來過我的夏季長假時間囉」的氣息。豎起大拇指的右手打得很直，笑容燦爛。

相較之下，他隔壁那個身穿藍色T恤的男孩子略顯嬌小，而且微胖，戴銀框眼鏡，看起來正經八百。雙手盤在胸前，嘴唇扭出一個有些尷尬的表情。

兩人當中的其中一人就是打電話來的Arai嗎？如果是的話，會是哪一個呢？

我定睛凝看他們的臉。

接著伸手握住相框，試著將它拿起來——拿得起來。要讓這種大小的物體進行小幅度的運動並不困難。

他的嗓音和用字遣詞給人的印象跟夏威夷衫男子似乎搭得起來，可是……唉，不知道就是不知道。我不知道哪一個才是Arai，也想不起不是Arai的那個男生叫什麼名字。

我的視線移向那兩個女孩子。

左邊那位穿著水藍色上衣和窄裙。她也戴著銀框眼鏡，不過短髮、臉小的她戴起來很適合。她比了一個「耶」的手勢，微笑面對鏡頭，不過表情當中還是蘊藏著一絲緊張。

右邊那位女孩子身高跟當時的我差不多，身上的丹寧褲和米色襯衫搭得很好看。她按住長髮以免被風吹亂，另一隻手也比了個「耶」，笑得很放鬆……

……唉，我還是不知道她們是誰。

我將相框放回原位，坐到書桌前的椅子上，往椅背一靠。

他們應該是我的「死黨」才對啊……為什麼會想不起來呢？他們的名字、性格、嗓音、說話方式我一點印象也沒有。

——這是很有紀念價值的照片。

去年夏天我如此回答見崎鳴，如今這句話在我耳中顯得遙遠而空洞。而我的耳朵也不過是「生之殘影」罷了。

# 8

儘管沒有什麼特別的意圖，我還是打開書桌抽屜看了一下。

我真的只是靠向椅背上時剛好看到，沒多想什麼就把手伸了過去——伸向最下層、最深的抽屜。

抽屜內以隔板隔開，其中一格放著幾本厚厚的筆記本。筆記本嗎？不對，是市面上賣的日記本。每年年末，書店或文具店就會開始賣的那種B5大小的辦公日記本。

書背朝上，感覺就像插在書架上那樣。書背上印著「Memories 1992」的字樣……

……對了，我想起來了。

我會以年為單位，將該年內的日記寫在這種本子內。心情對了或是有東西非記下來不可的時候，我就會動筆。有一大半是近似隨筆的潦草文章，直接寫在本子裡反而還比特地用打字機打來的方便。

第一本是六年前寫的。父親過世，我繼承房子並搬進來的那一年。

就是書背上印有「Memories 1992」的那一本，後來的「Memories 1993」、「Memories 1994」等日記本都依序排得好好的。

要是我有辦法將它們拿出來讀就太好了。

化身為鬼魂後，我的記憶日漸淡去，也許讀了之後多少就能回想起一些事……啊，不對。

應該要先……我邊想邊往抽屜內望。

應該要先看最新的那本日記才對。

我死於今年五月三日。如果我在那天之前撰寫過什麼文章，說不定能從中挖掘出「解明我死亡原因」的線索。

但是——

最關鍵的「Memories 1998」並不在抽屜內。

……為什麼？

我環顧四周，有點不知如何是好。

在桌上嗎？沒有。

放著書和筆記本的牆上書架呢？沒有。

我將書桌附的其他抽屜全都拉開，但怎麼找都找不到一九九八年的日記本……

我今年沒寫日記嗎？不對，不可能。雖然不記得內容了，但我還**記得**自己寫作時的情景。就在這間書齋內，這張書桌上……

——妳那隻眼睛，那隻藍色的眼睛。

我在水無月湖畔對少女說過的話，不知為何閃過了我的腦海。

——它的所見之物……所見方向說不定和我一樣呢。

同樣的所見之物？

同樣的所見方向？

那到底是……

我從椅子上站起來，眼前突然浮現好幾個影像。

就是我在宅邸內出沒首日上二樓、進寢室時，瞬間瞥見的畫面……

首先是……對，床邊桌的桌面。

這次的畫面**顯現**得非常清楚。與其說是畫面，不如說是「幻覺」吧。

桌上有一瓶酒和一個杯子。

酒瓶中裝的似乎是威士忌那一類的酒，還有……

旁邊放著塑膠藥盒，蓋子開開的，幾顆藍白相間的藥丸散落桌面，還有……

對，還有一樣東西在房間中央。

從天花板垂下來的白色物體搖晃著。啊，這是……

是繩子嗎？

它的末端打了一個人頭可以伸進去的大繩圈……

這是……

總覺得這好像是……

……

……有聲音（……做什麼）。

……有某人的聲音（做什麼……晃也）。

好幾個人的聲音（……住手）（……別管我）傳來。

一個是月穗的聲音（怎麼這樣……不行）。

一個是我自己的聲音（別管我……）（我……已經）。

……

……

……我斷氣前一刻的臉龐。

「正廳」那面鏡子映照出的，染血的面孔。

扭曲而剛硬的線條逐漸緩和下來，彷彿擺脫了痛苦、恐怖、不安等情緒，安詳得不可思議，後來……

嘴唇，輕微地動了一下……

宛如顫抖般地動了一下。

我吐露出某句話。垂死之際絞盡全力吐露的字句……究竟是什麼呢？

我到底想說什麼？

說出口的話又是什麼？

看似聽得見，實則不然；看似看得見，實則不然；好像就快觸及答案了，但還是摸不著……哎呀，我當時到底說了什麼？

啪噠一聲響起，幻影消散了。

定睛一看，原來是相框掉到地上了。是我不小心把它推到地上了嗎？

我撿起來放回桌上，結果……

相框後方的背板打開了，大概是因為掉到地上的衝擊力道使旋鈕轉到一側去了吧。

這時我才發現背板與照片中間夾著一張紙片。

這是什麼呢？我邊想邊用手指捏起紙片。

比照片小一號的筆記用紙上有一排黑色手寫字跡，是直寫的人名——五個姓氏。

最右側寫著「賢木」，所以我立刻就進入狀況了。

最左側有「新居」兩個字。

啊，就是它。

不是新井也不是荒井，而是新居（Arai）。我剛剛的印象是正確的，照片左邊穿夏威夷衫的男子正是Arai。

另外三人的姓氏也自然而然地映入我眼簾。

我得知右邊那個女孩子叫「矢木澤」，左邊那位叫「樋口」，剩下那個男孩子叫「御手洗」，不過……

下一個瞬間，或不如說幾乎在那同一時間，我注意到一件事，為之愕然。我就算不想注意到也不可能漏看的。

姓氏下方一段距離外，有淺色墨水打的×。

×共有兩個。

一個落在「矢木澤」的下方，另一個在「新居」下方。還有——

兩個記號下方都標示著×代表的意義，字體小小的。

「死亡」。

# *Sketch 4*

戀愛是怎麼一回事？

怎麼啦？怎麼突然問這種問題？

就是喜歡人的意思嗎？

嗯——應該就是很喜歡很喜歡一個人的意思吧。男人通常喜歡女人，女人喜歡男人，不過似乎也有例外。

例外就是說……男人很喜歡很喜歡男人也是戀愛？

呃，對啊。

你愛過嗎？

咦？不，我沒有那方面的興趣……

我是說你有沒有戀愛過。

啊，這樣啊——該怎麼說呢。

變成大人之後就會談戀愛嗎？

不是大人也會談戀愛啊，早熟的人很早就會談戀愛了。

嗯——說嘛，你談過戀愛嗎？初戀對象是誰？

……

沒有嗎？

不是……應該算有吧。

感覺怎麼樣啊？談戀愛開心嗎？難過嗎？

這個嘛……啊，不對，我可能沒有資格回答這個問題。

為什麼？

……因為我想不起來了。

……

我已經記不太得了，所以……

# 1

這裡有所謂的烏鴉日。

平常很少見的烏鴉會在那天聚集在房子四周，數量從數隻到數十隻都有。牠們會棲息在屋頂或庭院的樹木上，偶爾會接二連三地發出啼叫。那天現身或獻聲的其他野鳥會銳減，不知道是不是因為害怕烏鴉群。

每個月都會有幾天像這樣的日子，我擅自稱之為烏鴉日。

為什麼牠們會在烏鴉日集結呢？可能是有什麼理由或條件吧，但我並不清楚。

烏鴉這種鳥的形象不太吉利，但我一點也不討厭牠們。

大家似乎認為牠們在城鎮中翻找垃圾的很令人困擾，但烏鴉畢竟是生物，發現垃圾袋裡有食物當然就會去吃啊。聽說有些公園裡的烏鴉會撲向小孩子，啄他們的腦袋，但這裡的烏鴉沒那麼壞，只會嘎嘎亂叫，所以我也不怎麼在意。

說到這個……

我以前曾經照護過一隻受傷的烏鴉。

當時我盡了全力幫牠把傷口清理乾淨，之後放進鋪毛巾的瓦楞紙箱，再把箱子收進車庫……我想好好照顧牠，等到康復再放牠走，但我的關愛並沒有產生效用，牠馬上就死了。連和牠混熟、幫牠取名字的時間都沒有。

牠的屍體埋在後院的角落，我還在那裡插了個木片當作墓碑。墓碑長得像有點醜的十字架，現在也還插在原地。

……對了。

烏鴉死後，我曾在宅邸內養過幾次動物。

不是貓貓狗狗，而是在院子裡抓到的蜥蜴、青蛙之類的，還有螳螂、蟋蟀等等昆蟲……哺乳類只養過倉鼠。還有人送過一對文鳥給我養。

有次我看文鳥被關在籠內看得很不是滋味，就把牠們放走了。其他小動物的壽命本來就不怎麼長，全都死光了。

我將牠們的屍體依序埋在最早立的烏鴉墓碑旁，也幫牠們立了一樣的墓碑。

現在回想起來，當時的我說不定是透過那樣的方式在見證、接觸、近距離感受生物的「死亡」……探問它的意義。總覺得就是這麼一回事。

## 2

我的屍體，現在說不定也埋在土裡。

比方說，埋在我葬那些動物的院子裡，或是宅邸周圍的森林裡？

這想法浮現後，我先就在自家土地上繞繞，一邊注意地面狀態，看有沒有挖土又填回去的痕跡。但我最後並沒有找到明顯有問題的地方……

有可能只是我漏看，這點無法否認。如果是埋在宅邸所在的土地之外，那靠我一個人的力量終究是找不到的……

某個聲音——語言的碎片突然平空冒了出來。

（……在這裡）

在說什麼呢？

（至少……在這裡）

這到底是什麼？

我嚇了一跳，想要掬起這些語言的碎片……但它們紛紛從我「心中那隻手」的指間

（……這棟房子裡）

滑落，唰……

哎呀……這是，誰的聲音？

（……忘掉）

何時說出的話語？

好像就快想出答案了，但最後還是想不通。

（今晚的……一切）

好像就快看出意義了，但最後還是看不透。

（……忘掉吧）

在霧濛濛的殘缺感團團包圍下，我的思考停止了。

## 3

七月二十九日，星期三。

學校放暑假放一陣子了——這天午後，我出沒於「湖畔宅邸」。

盛夏已來臨，但今天的天空卻陰陰的，沒什麼夏天的感覺，微溫的風吹拂著，而且……沒錯，今天是烏鴉日。

聽到鴉群的叫聲從外頭傳來，我就知道今天是什麼日子了。鳴叫聲不是一隻烏鴉發出的，而是好幾重唱。

啊，今天是烏鴉日啊——我心想，同時望向二樓書齋窗外，面向東方的那扇窗並沒有拉上。

放眼望去，庭院的樹上果然停著鴉群，應該將近有十隻烏鴉吧。

有幾隻停在窗戶正下方的一樓屋頂或屋簷上。二樓屋頂上一定也聚集了很多，雖然從我這裡看不到。我腦海中浮現了一個語彙：鳥葬。

放死者曝屍荒野，任野鳥啄食其肉，最後化為白骨。這是某個國家的葬禮習俗。

難不成，我那行蹤不明的屍體也被人丟在某處的荒野，成了烏鴉的飼料？

我深陷那不怎麼令人愉快的想像畫面中，無法自拔，每隔一陣子就觀察一下窗外的鴉群。就在這時——

有別於烏鴉啼聲的，硬物撞擊的聲音響起了。

那是什麼？哪裡傳來的？

我移動到另一扇窗邊往外一看，便掌握了狀況。

聳立在前院邊緣的高大紫玉蘭樹下，某人正打算扶起倒在地上的腳踏車……

遠遠望去也看得出對方身穿白色連身洋裝，頭戴草帽，就跟去年夏天在水無月湖畔和我講話的她一樣……那是……

見崎，鳴？

應該就是她吧。

那麼，她現在又為什麼會出現在這裡呢？為什麼？

暑假期間又和家人一起來別墅度假了嗎？大概是吧，可是……

立好腳踏車的她退到一旁，一手按住帽簷，抬頭望向我所在的方位，之後朝玄關走去。我不知道她有什麼目的，但肯定是要來拜訪我——賢木晃也吧。

轉眼間……

樓下的門鈴響了。

該怎麼辦呢？猶豫到最後，我還是下樓到玄關去了。但我不能回應她。就算我出「聲」，她也聽不到；我要是默默開門會害她嚇一大跳——門自己打開了，裡頭一個人也沒有。

我躡手躡腳地移動到門邊，透過窺孔觀察門外。結果門外完全沒有人影，她放棄回家了嗎？

……該追上去嗎？

這想法瞬間跳了出來，可是……

追上去又能怎樣？

現在的我能做什麼？

最後我什麼也沒做（應該說什麼也做不了），回到了二樓書齋。

我在窗邊環顧四方，可是完全沒看到人影。烏鴉依舊停駐在各處，東一隻西一隻。窗戶附近的其中一隻正好展開牠碩大的羽翼，「嘎」的叫了一聲。

## 4

我無來由地嘆了一口氣，走向書齋的桌子，坐上椅子，睨視桌上的那個相框。

一九八七年，也就是十一年前的八月三日拍攝的「紀念照」，標題是「國中最後一個暑假」。

照片中除了我以外，還有另外四個人，矢木澤、樋口、御手洗，還有新居——沒錯，他們是我在夜見山的朋友，夜見北三年三班的同學。對，就是這樣。

十一年前的夏天，暑假剛放沒多久，他們就來這棟宅邸玩……不對，是來避難。

不需要透過轉學的方式脫離三年三班，只要離開夜見山市就能避開「災厄」——流傳下來的傳說當中有這麼一條法則。所以說……

所以說，你們要不要到我這裡來，至少躲一個暑假？

我向他們提出邀請。

他們也接受了。

我們就在這棟「湖畔宅邸」度過了一個多月，直到暑假結束。了解事情來龍去脈的父親很能體會我的心情，還幫忙我打點一些事宜，好讓他們長期居留。

結果……

他們在暑假期間並沒有遭逢「災厄」，但某個留在夜見山的三班關係人士在八月死了，傳說果然是真的……

……以上就是我勉強拼湊出的十一年前的記憶。

夾在相框中的那張紙條我已經拿出來了，放在相框旁邊。

上面寫著我們五個人的姓氏。其中兩個名字，即矢木澤和新居的下方另有註記：「×　死亡」。在我看來，這大概是代表：暑假結束、他們回到夜見山的九月到畢業前這段時間內，「災厄」降臨在他們的身上了。

返回夜見山的四個人當中，矢木澤和新居兩人喪生了。掌握消息後，我便將這件事記到便條紙上。當時的心情肯定很慘澹。

如果是這樣的話……

那通電話又是怎麼一回事？

自稱Arai的人打電話來，說我們「曾在夜見山同甘共苦」。「Arai」寫作「新居」，而新居應該早就已經死了啊……到底為什麼會有這通電話？

此後他就沒再打電話來了，謎團一直沒解開……

說到謎團，抽屜中的日記少一冊也令人困惑不已。

「Memories 1998」到底跑到哪裡去了呢？是我基於某種理由主動處分掉了嗎？還是被人拿走了？

我嘆了一口氣，慢吞吞地抬起椅子上的屁股，就在這時——

「賢木先生。」

樓下突然傳來人聲。

「賢木先生，在嗎？」

這是？

這是她——見崎鳴的聲音嗎？

「你在吧？賢木先生。」

她怎麼會在我家裡？不是放棄離開了嗎？

難道是從後門進來的？那裡平常確實不太會上鎖……

其實我過去確認狀況也不會有什麼大礙，此刻卻不知為何猶豫了起來。或者說「預料外的事態令我有點慌亂」比較準確。

我杵在書桌旁一動也不動，屏氣凝神——儘管我完全沒必要這麼做，因為我是鬼魂啊。

一會兒過後——

啪噠啪噠，腳步聲斷斷續續地傳來。她是不是換穿室內拖，走進家中了？

「賢木先生？」

腳步聲越來越近了，其間偶爾穿插著呼喚。

「賢木先生，你在吧？」

上樓了，我感覺得到。再這樣下去，她說不定會來到這間書齋……

「賢木先生？」

很快地，近在咫尺之處傳來了人聲。她大概在房門前了吧。

原本關上朝外頭走廊的門旋開了，接著——

見崎鳴走入房間內。

## 5

書桌放置在進門後左手邊的牆邊，坐到椅子上便會面對牆壁。此刻我站在桌子前方。位於進門者對面和右手邊的牆面上釘有巨大的飾品擺放架。架子上方的時鐘正巧在這時響了。

我死去的父親過去很喜歡這個鐘。鐘面下方的小門開啟了，白色貓頭鷹飛出來報時，現在是下午一點。

見崎鳴的注意力似乎被鐘聲吸走了，她一進門便停下腳步，望著飾品架的方向，並沒有轉頭看我這邊——這也是當然的，我是鬼魂啊，是活人看不到的存在。

「啊。」

細小的嗓音從她唇間飄出。

「……人偶。」

她往她右手邊的窗戶斜斜跨出一步，兩步，好從正面端詳房間深處那面牆的飾品架。架子中央確實擺著一尊「人偶」。高大約五十公分，身穿黑色洋裝。

「那是……」

游絲般的氣音再次從見崎鳴唇間飄出，看來她非常在意那尊人偶……

……下一個瞬間。

有兩件事幾乎同時發生。

一，見崎鳴採取動作了。

吁，她輕嘆一口氣，並取下蓋住左眼的眼罩。

一陣強風突然吹來，東側的窗玻璃震得喀噠喀噠響。烏鴉的啼叫緊接在後。

啊啊，啊——叫聲此起彼落，接著數隻鳥的振翅聲也交織其中。散佈各方的烏鴉同時飛起來了。

從我坐的位置也看得到群鴉展翅橫過窗前的畫面，窗前的見崎鳴一定看得更清楚吧。接著……

這兩件事發生後的下一個瞬間。

見崎鳴轉過頭來，似乎吃了一驚。

她盯著書桌前方被我佔據的那塊空間，歪了歪頭，似乎感到很不可思議。這時我才發現，垂在她手中的眼罩髒髒的，似乎沾了泥巴之類的東西。

「怎麼會……」

她的嘴唇輕微地開闔著。

「你怎麼會……在這裡？」

她不是自在言自語，怎麼想都像是在**詢問眼前的人**。由於她說了這些話……

我忍不住發出「咦」一聲。

「**妳看得見**嗎？看得見，我嗎？」

「我能……看得見。」

她回答，並瞇起右眼。左邊那隻藍色的義眼放出冰冷的光線。

「……為什麼？」

輪到我提問了。

「為什麼妳看得到我？妳也聽得到我的聲音對吧？」

「聽得到……唷。」

「我明明是鬼魂啊。」

「……鬼魂？」

見崎鳴再度歪了歪頭。

「我明明是賢木晃也死後化成的鬼魂啊，先前根本就沒有人看得見我、沒有人聽得到我說的話。」

「死後……」

她又歪了歪頭，朝我邁進一步。

「賢木先生……死了嗎？」

「我已經死了啊。」

我以開岔、粗啞的「嗓音」回答。

「真的嗎？」

聽到她這麼問，我便以更強烈的語氣回答：「真的啊！」

「大家似乎都以為我出門旅行了……但我其實在五月初就死了，死在這棟房子的一樓大廳。後來我就變成這個樣子了，化身成所謂的鬼魂……」

沒有人注意到我的存在，我當然也就不曾與他人交談……從死後到現在，我一直過著不自然、不安定且孤獨的日子。

「……應該看不到才對啊，應該沒有人看得到我啊。妳卻看得到，也聽得到我說話，為什麼？」

「那是因為……」

少女話說到一半便噤聲直盯著我看，暫時按兵不動。

之後她緩緩舉起右手，遮住右眼，讓左眼——理應沒有視力的蒼藍空洞之眼正對著我，眼皮一眨也不眨……

——妳那隻眼睛，那隻藍色的眼睛。

我在去年夏天說的話一點一點地湧上心頭。

——它的所見之物……所見方向說不定和我一樣呢……

我當時為什麼會那樣說呢？所見之物、所見方向和我一樣……啊，那是指？

那是指？在我反覆自問的過程中，有個字以詭異、顫巍巍的姿態從我的意識中滲出，回答了這個問題。

那是指——

死。

## 6

「賢木先生為什麼會死呢？」

見崎鳴呼出一口氣，放下遮住右眼的手。

「你剛剛提到一樓大廳……是出了什麼意外嗎？」

「我自己也不是很清楚。」

我老實回答。

「我還記得自己『死時的場面』，但死前和死後的記憶都很模糊，現在也不知道自己的屍體後來怎麼了，被運到哪裡去。」

「葬禮呢？墳墓呢？」

「那個……沒有人幫我舉辦葬禮，也沒有人幫我下葬。」

「……」

「大概就是因為那樣，我才變成現在這個樣子。一定是的……」

強風再度吹得窗玻璃格格響。我往戶外望去，發現天色十分詭譎，可能就要下雨了。

我再次轉過頭來，盯著站在我眼前的見崎鳴。

她明知我是鬼魂，卻不怎麼害怕，也不覺得噁心，倒是右眼眨個不停，似乎很傷腦筋的樣子。她脫下草帽，小巧的嘴唇繃出似笑非笑的線條。

一會兒過後，她開口了：「呃……」而我幾乎在同一時間說：「話說回來……」

「話說什麼？」

她催我繼續說下去。

「話說回來——」

我下定決心開口了。

「妳的，呃，左眼。」

「嗯？」

「難不成有什麼特殊的『力量』嗎？」

「怎麼這麼問？」

「因為……」

我照實說出自己的想法。

「普通人看不到我的身影，也聽不到我的聲音……妳卻看得到。說不定是因為妳左眼的力量？」

「你是這樣想的啊？」

「嗯，妳剛剛一拿掉眼罩，事情就不一樣了，對吧？拿掉眼罩，露出左眼的瞬間，妳就發現我了——就看得見我了……」

「嗯……」

她以下巴抵住帽簷，然後說：

「呃，或許可以這麼說吧。你很在意嗎？」

「這個嘛……」

「嗯——」

她的右臉頰微微鼓起，勾勒出一抹妖媚的淺笑，然後開口了。

「我的體質跟普通人不太一樣，這『人偶之眼』尤其特別……我就算向別人說明，別人也不會相信……」

「果然啊……」

——它的所見之物說不定和我一樣呢……

……所見之物。

所見方向。

「妳的眼罩怎麼會髒成那樣呢？」

「剛剛有點狀況……」

她嘟起嘴巴，似乎有點不好意思。

接著突然指著房間內側的飾品架發問：「那是什麼？」

「嗯？」

「那尊人偶。去年我來的時候沒看到。」

她邊說邊踏出流暢而快速的步伐，來到飾品架前，把自己的臉湊向黑色洋裝少女人偶的小巧臉龐。

「去年年底，祖阿比町那裡辦了一個人偶展……」

我好不容易才挖出這段記憶。

「……我很喜歡，所以才……」

「這樣啊，原來是賢木先生捧場啊。」

「是的。」

「你應該知道這是霧果做的人偶吧？」

「霧果……啊，沒錯。」

對，**我想起來了**。

「這是妳母親的作品，對吧。先前在妳家別墅的時候，妳們就讓我看過了，所以……

後來在人偶展上看到它，就非常想要帶它走。」

「——喔。」

她輕輕點頭，接著轉過來面向我，頭往側邊一撇。

「不過，賢木先生已經死了，對吧？五月初的時候，死在一樓的那個挑高大廳裡？」

她的右眼和藍色的左眼雙雙瞇起，果斷地盯著我看。

「大概是從二樓走廊跌下去，折斷了頸椎之類的。」

我沒多想便回答。

「二樓的扶手有折斷的痕跡，所以大概就是從那裡……」

「是在什麼樣的狀況下跌落的呢？」

我慢吞吞地搖頭。

「這……我想不起來。」

「得了失憶症的鬼魂啊。」

見崎鳴說出這句話的同時，強風再度撼動窗玻璃，遠處傳來低沉的聲音，想是要打雷了。

「——我想聽。」

她突然冒出這句話，朝我走了兩、三步。

我頓時不知所措（明明是鬼魂啊），發出一聲：「咦？」

「有些事你還記得或回想得起來吧？請你詳細地講一遍，我聽這些就夠了。說嘛——」

「呃……喔，嗯。」

我慌亂地點點頭，之後對她娓娓道來，交代我死後化為鬼魂以來的所有經歷……語言不斷從我口中湧出，像是潰堤似的。

一定是的。一定是因為我這個三個月來一直都很孤獨，寂寞。

# Interlude

「……這就是今年夏天，賢木先生的鬼魂遭遇到的狀況。後來我花了很長的時間聽他講自己的故事。」

「妳跟鬼魂面對面談話，談了很久？」

「對。我們聊完後就下雨了……他要我撐他的傘回家，但我拒絕了，因為我不討厭雨。」

「嗯……不過嘛……」

「令人在意的細節很多？」

「當然是很多啦，不過話說回來，鬼魂這種東西……」

「榊原同學不相信鬼魂的存在？」

「這個嘛……」

「還是說，你是不想相信世界上有鬼魂？」

「問題不是我想不想相信……啊，可是，我記得妳在合宿那時候……」

「恐怖小說和恐怖電影裡面不是一天到晚都在描寫鬼魂嘛？看到鬼魂或碰上鬼魂等

等的親身體驗也多得像山一樣耶。」

「這個嘛……啊，不能這樣說，小說和電影只是虛構作品，至於親身體驗系的故事嘛，可信度幾乎都不高。」

「不過呢，我和**他**的會面是事實喔。」

「嗯……很少聽到別人提起『患了失憶症的鬼魂』呢，應該說根本沒聽過才對。」

「是嗎？」

「小說和電影當中，有所謂的『鬼魂偵探』系作品……啊，我要說的這些全都是虛構的啦。在這種類型作品中，兇殺案的死者會化為鬼魂，追查犯人的身分以及整起事件的真相。電影《第六感生死戀》大致上也算這個路線。」

「──我沒看過。」

「鬼魂其實有很多種呢，儘管我們總是使用鬼魂這個統稱來稱呼它們。日本和海外對鬼魂的看法就差很多。古典的日本鬼魂就是把『我好恨啊』掛在嘴邊的幽靈嘛，據說沒有腳……有嗎？妳見到的鬼魂有腳嗎？」

「腳？」

「嗯。」

「有啊，確實有兩條腿，也沒浮在空中。」

「能不能發揮物理作用力，也是視鬼魂種類而定呢。鬼魂是靈體，因此無法碰觸物體，但可自由穿過門或牆——這是一種鬼魂形象，但另一方面，也有人認為：鬼屋當中的房門會自動開關、桌椅會擅自移動是因為鬼魂在作祟……這兩種看法產生極大的矛盾。如果兩者都成立，那說不定是因為鬼魂的手腕也有高明和不高明之分。妳遇到的鬼魂是……」

「『偶爾會**出沒**』也是很特別的形容吧。」

「啊，是。本人竟然會有這樣的自覺……真要說來確實是滿特別的。妳見到的鬼魂有辦法產生一定程度的物理作用力對吧？」

「真的是只有開關門、從抽屜拿出日記本的程度。」

「但他沒辦法接電話。」

「也沒辦法使用書齋的打字機。」

「有辦法進入上鎖的房間。」

「——他是這麼說的。」

「話說，那位姓賢木的先生為什麼會死掉呢？又是酒，又是藥，又是天花板上垂下來的繩子……總覺得這些話暗示了他有『自殺』的可能性。」

「最直接的死因是從二樓走廊跌落大廳，頸椎骨折。」

「他對妳左眼的觀察也……該怎麼說呢？很透徹？」

「是啊，很透徹又有暗示性。」

「他注意到『人偶之眼』、『與自己看著同樣的東西、同樣的方向』，也就是『死』。換句話說，他一直凝看著『死』，醉心於『死』。應該可以這樣解讀吧？也就是說他是……」

「自我了斷？」

「至少他確實有那個念頭，後來也真的也死了。」

「……」

「話又說回來，他的姐姐月穗和姐夫比良塚先生又為何要隱瞞他的死訊呢？」

「……」

「他們說不定也把屍體藏到某個地方去了，大概就是這麼一回事吧？總之，賢木先生的鬼魂正在找下落不明的自己的屍體，對吧？」

「對。他自己似乎為此困擾好一陣子了。」

「這情形也滿不尋常的，或者該說很稀奇？一般而言鬼魂都知道自己的屍體在什麼地方，甚至有不少鬼魂是為了宣告『它就在這裡，快發現吧』才現身的……呃，我是說虛構作品中有很多這一類的描寫啦，比方說先前有一部很有名的恐怖電影叫《陌生的孩子》。」

「沒聽過。」

「呃，這樣啊。」

「我自己在那天也發現了很多令人在意的細節。」

「是什麼？」

「我前往『湖畔宅邸』拜訪賢木先生，結果發現玄關門鎖著，按門鈴也沒有人來應門……繞到後門發現門沒關，我就沒多想什麼就進去了。」

「妳膽子挺大的耶。」

「我認為應該有人在家，所以才……」

「結果妳晃到二樓書齋去，碰巧在那裡遇到鬼魂。是這樣子囉？」

「差不多。」

「妳跨進房間，拆下左眼的眼罩，結果他就現形了。」

「——對。」

「原本沒看到他的影子，他卻突然冒出來？」

「是的。」

「嚇了一跳？」

「——嗯。」

「嚇到也是正常的嘛。」

「哎，有些狀況啦。」

「呃……光是聽到這裡就覺得謎團重重呢。賢木先生死亡之謎與屍體下落當然是很大的問題，還有其他瑣碎的部分……」

「……」

「……」

「……」

「……然後呢？」

「嗯？」

「後來發生了什麼事？」

「——你想聽下去？」

「不能不聽下去啊。呃……實際上到底是怎麼一回事啊？外人都以為賢木先生出門旅行了是嗎？月穗小姐他們真的隱瞞了真相嗎？」

「——結論是：對，他們隱瞞了真相。」

「那……」

「不過我會按照事情發展的順序往下講。」

「啊……好。」

「後來基於種種原因……我決定先主動採取一些行動。」

「意思是？」

「總之，有些事非確認不可，我當時是這樣想的。鬼魂似乎不只會在『湖畔宅邸』**出沒**，也會在生前造訪過的地方現形，我後來就想到了一個可能的原因。然後啊，雖然我不是很甘願，但隔天的隔天，我就拜託霧果小姐……」

# *Sketch 5*

……我認為，人死後不會「歸無」。

也就是說，人死後靈魂不會消滅？

靈魂……是啊，雖然我不知道「靈魂」這個稱呼正不正確。

會不會上天國或下地獄？

這我也不清楚……

……鬼魂呢？

嗯？

世界上**有**鬼魂嗎？靈魂要是留在人間就會變成鬼魂嗎？

堂堂正正的大人應該要給你的答案是：世界上根本沒有鬼魂這種東西。但是呢……

嗯，我覺得鬼魂說不定**存在**喔。

這樣啊。

我說不定是希望它存在。哎呀，就算真的**存在**好了，也不是每個人死後都會變成鬼魂吧……

# 1

五月三日當晚，垂死之際的我扭動著嘴唇——

當時映照在鏡中的畫面動不動就栩栩如生地浮現在我眼前，害我整天坐立難安。

我當時到底想說什麼？

說出口的話又是什麼？

染血的臉龐。扭曲而剛硬的線條逐漸緩和下來，接著……

起先嘴巴微張，彷彿**吃了一驚**。不過印象中，嘴巴張開後發不出聲音。

嘴唇隨後蠕動了一下。

那是宛如顫抖的輕微動作，但這時……對，沒錯，這時我發出了聲音。我似乎勉強聽到了那聲音，辨別出它的意思……

先前我好像就快想起來了，最後還是失敗告知；好像就快聽懂了，但還是聽不懂；好像就快觸及答案了，但還是摸不著……焦躁難耐的感受如影隨形，而現在我總算……

……我發出的第一個音節。

大概是「tsu」吧。

第二個是「ki」。

嘴巴又扭動了。這次沒發出聲音，但繃成圓形的嘴唇大概是對應到母音「o」吧……

也就是說……

我當時說出的最後幾個字是「tsu」、「ki」。

「tsu」、「ki」，會是「月」（tsuki）嗎？如今回想起來，當晚夜空確實掛著一抹半月，但我不認為月亮那跟我的死亡有什麼關聯。這麼說來……

「tsu」、「ki」可能不是我要說的話。

它只是我要說的語彙的一部分。話還沒說完，我想接下去但已發不出聲音了。如果是這樣的話……

繃成圓形的嘴唇——母音「o」，可能對應的音有「o」、「ko」、「so」、「to」、「no」、「ho」、「mo」、「yo」、「ro」，可是……

如果我想發出的音是「ho」的話……

「tsu」、「ki」、「ho」——「tsukiho」。

「tsukiho」寫作「月穗」，是我姐姐的名字。

當時說是想唸出「月穗」這個名字嗎？但我為什麼要在垂死之際……

……

……

……月穗臉上掛著有點心虛的微笑。

「對，是的。」

她說。

「我弟今年春天一個人外出旅行了。」

「是去哪裡玩呢？」

發問者是霧果，見崎鳴的母親，黑洋裝少女人偶的製作者。她的年紀稍長月穗幾歲，五官端正。

「這個嘛……」

月穗歪了歪頭，笑容依舊掛在臉上。

「他從以前就是這個樣子，不說目的地就悠悠哉哉地出門，旅行好一陣子才會回家……那叫什麼去了？流浪癖之類的？」

「他真是活得自由自在呢。」

「以前就發生過好幾次了。想說他總算回家了，結果一下子又跑到國外去，所以我們也已經習慣了。」

啊，不是這樣的——明明就不是這樣啊！

我聽了兩個人的對話，頓時好想跺腳。

這次才不是她說的那樣。

我已經死了，化為鬼魂的我就在**這裡**啊。

……就在見崎家的別墅裡。

耀眼的陽光穿過蕾絲窗簾照亮寬敞的客廳。別墅就建在海邊，所以浪潮聲不斷打入敞開（以求室內通風）的窗戶中；海鷗之類的海鳥發出的啼叫聲也清晰可聞。

月穗接受霧果的邀請，帶著兩個孩子前來喝下午茶——茶會舉辦到一半，我就在這裡**現身**了，飄然降臨屋內。

有六個人圍著放滿飲料杯和餅乾盤的大桌邊。

他們分別是前來拜訪的月穗、阿想、美禮，還有見崎家的霧果、鳴。見崎先生也在，他的年紀似乎跟月穗的丈夫比良塚修司相仿，但看起來比修司還年輕，散發出運動愛好者特有的快活氣質。

「你們特地邀請我們，我丈夫卻碰巧沒空……真是抱歉呢。」

「快別這麼說，我們是放假才過來這裡，不像比良塚先生，他的公務肯定很繁重吧，畢竟接下來要選縣議員不是嗎？」

「啊，是的。身旁的人拚命勸他出馬，他本人似乎也下定決心了。」

「他各方面的實力都很堅強，自然會有勸進的聲音出現啊。選舉是在秋分過後嗎？」

「是的，所以已經覺得有點那個……」

「太太也很辛苦呢。」

霧果說。

「沒這回事，我又沒幫什麼忙……」

「今天啊，其實是鳴邀請你們過來的。」

「喔？小鳴嗎？」

「說什麼『很想見見大家』，突然就要人家來家裡坐。她還說：『請晃也先生也務必同行。』對不對啊？」

「是的。」

見崎鳴被點名後彬彬有禮地回答。

「因為去年我在『湖畔宅邸』聽賢木先生說了很多有趣的事，所以才……」

「喔，有這樣的事啊。」

見崎先生拈了拈嘴邊稀疏的鬍子，一面微笑。

「是的。」

見崎鳴再度彬彬有禮地回答。

「是說，小鳴去年有來找我們玩呢。」

月穗說。

「那時我剛好也在，阿想和美禮也在……」

月穗突然瞇起雙眼，在我看來很像是在憋眼淚。不過她馬上就換回平靜的表情，以免讓見崎家的人操心。

「真是抱歉啊，晃也竟然沒辦法過來。」

「賢木先生什麼時候會回來呢？」

月穗淺淺一笑，歪了歪頭。

「不知道耶，他真的是一個很隨興、想到什麼就做什麼的人。」

「嗯……你們會用手機聯絡嗎？」

「晃也沒有手機，他家附近的訊號還很差。」

「和某幾家電信公司綁約的手機，拿到這裡來似乎是收不到訊號的喔。」

霧果說。

「這樣啊。」

見崎鳴回答，並點了點頭。她的視線原本在月穗和霧果身上來回移動，此刻往旁邊一挪，落在**某個地方**。

美禮和阿想坐的椅子的後方空間——正巧是我所**佔據**的位置。

她沒戴眼罩，我總覺得那藍色的左眼似乎在一瞬間放出了有點詭異的光芒——她今天果然還是看得到我的身影呢。

## 2

「哎呀，小鳴，妳怎麼綁著繃帶呢？」

月穗發問。她似乎很想改變話題，不過見崎鳴右手肘上綁著繃帶也是事實。

「昨天騎腳踏車的時候，不小心……」

見崎鳴回答。

「沒什麼大礙。」

「她是在練習騎腳踏車啦。」

「哎呀，小鳴不會騎嗎？」

「她覺得到現在還不會騎腳踏車似乎很遜，就要我幫她特訓。」

見崎先生補充。

「不過呢，哎呀，也不用勉強自己嘛，每個人都有擅長和不擅長的事啊。妳說是吧？嗚。」

見崎先生看了女兒一眼，發出爽朗的笑聲。見崎鳴不發一語，面無表情——不過看起來並不是在鬧脾氣。

「小鳴，小鳴。」

美禮從椅子上站起來，走向見崎鳴。

「欸，小鳴，我們一起玩娃娃吧。」

「嗯？」

見崎鳴歪了歪頭，美禮便指向房間裡的飾品櫃。

「那個，娃娃。」

「嘿，美禮。」

月穗制止了她。

「那個啊，不是拿來玩的娃娃喔，知道嗎？」

架上放著幾尊少女人偶，應該是霧果的作品。尺寸不大，但每一尊都具備纖細的美感。

「欸——」美禮似乎很不滿。阿想拋下她，獨自往沙發組移動過去。月穗的目光跟著他移動。

「阿想好像沒什麼精神呢？」霧果說。

「是啊……碰到了一些有的沒的狀況，年紀好像也到了，開始對別人愛理不理了……」

月穗煩躁地看著阿想，說話語氣有點生硬。

「早些時候，我問他要不要來見崎家的別墅喝茶。原本以為他不會想來，結果他自己說他也要來。」

「阿想和晃也感情很好。晃也不在，他很寂寞吧？」

霧果說完話，身體往旁邊一轉，發出呼喚。

「阿想。要不要再吃一些糖果？冰果汁呢？」

阿想默默搖頭。他才剛坐到沙發上沒多久，此刻又起身走向美禮剛剛手指的飾品櫃，在櫃子前面停下腳步，望著玻璃後方的人偶看。

「阿想也喜歡這種人偶嗎？」

見崎鳴走到阿想身旁發問。阿想的肩膀瞬間一抖，似乎嚇了一跳，隨後小幅度地點了點頭說：「呃，嗯。」

「賢木先生喜歡人偶吧？」

「——嗯。」

「所以阿想才喜歡？」

「——算是吧。」

「你喜歡這裡頭的哪一尊？」

「啊，呃……」

「小鳴，小鳴。」

美禮也跑過來了。

「小鳴，我們一起玩嘛，玩娃娃，好不好？」

「嘿，美禮。」

月穗像先前那樣出聲制止了。

「不行，不可以鬧姐姐喔。」

這時阿想又獨自走回沙發組那裡了，低垂的視線散發出些許寂寥。他輕嘆一口氣，

不久後……

「我不知道。」

他輕聲呢喃。

「我不知道……什麼都不知道。」

「阿想？」

月穗有些慌張地呼喚兒子，從椅子上站起來。

「不可以喔，你怎麼又……」

「啊……好的。」

「嗯──天氣真不錯。」

這時見崎鳴開口了。她面向隨風搖曳的蕾絲窗簾，扶住纏繃帶那隻手，大大地伸了個懶腰，臉上浮現一抹笑意。

「我要到外面去。」

## 3

見崎鳴所說的「外面」是指房間外的露台──

我總覺得她要我「一起出去」，猶豫片刻後，我還是決定追隨她的腳步。

見崎鳴走下露台，踩上庭院草皮，遠眺大海所在的方向。我緩步走向她的背後。

「賢木先生？」

她轉過身來發問，藍色左眼正對著我。

「嗯，是的。雖然我其實是鬼魂……」

「自從前天在『湖畔宅邸』**出沒**過後，你就沒再現身了？直到現在？」

「——對，應該是。」

「這樣啊。」

見崎鳴再度轉身面對海的方向。

雖說別墅位於海邊，但海灘並非近在咫尺，要走好幾分鐘才會到。不過建在一段距離外的地形略高處有個優點，就是視野很好。

「我曾經在這裡看過一次海市蜃樓。」

不久後，見崎鳴開口了。

「喔——什麼時候的事？」

「去年八月，回夜見山的前一天。」

「盛夏的海市蜃樓啊。」

「雖然不是什麼驚人的畫面，只是開往海上的船隻上方隱約浮現上下顛倒的鏡像，類似那樣的感覺。」

「夏天出現的海市蜃樓很稀少喔。」

「靠近海面的空氣較冷，上空的空氣較暖。溫度差造成光的折射，產生虛像……」

「對，那就是春季型的上蜃景。」

我流暢地述說著心中浮現的知識。

「冬季型的下蜃景則相反：靠近海面的的空氣比上空的空氣暖和，所以虛像看起來像是在實物的下方，因此得名。這兩種海市蜃樓我都拍過喔，照片就在家裡。」

「——我看過了。賢木先生去年也向我做過同樣的說明喔，對吧？」

「啊，有這回事啊。」

「話說——」

見崎鳴再度轉過身來。

「好像還沒向你提過我前天拜訪『湖畔宅邸』的原因？」

「啊，嗯，經妳這麼一說……」

當時光是講我自己的經歷就講了大半天。

「其實呢……」

見崎鳴緩緩閉上雙眼，又睜開。

「我是想深入了解賢木先生過去碰上的那場車禍。就是距今十一年前的一九八七年的那次事故，當時賢木先生還是國中生。」

「……」

「賢木先生前天也說過，你在夜見北的三年三班待過一學期，後來才轉學對吧。你說校外教學的途中巴士出了車禍，重創你的左腳……當時還有很多人喪命。」

「……對。」

「後來賢木先生的母親也過世了，你在暑假開始前就搬離夜見山，住到這一帶來，轉學手續也辦了，因此逃過『災厄』。對吧？」

「『災厄』……是的，先前我跟妳說的都符合實際狀況。」

我沉穩地點點頭，而見崎鳴也點了點頭。

「其實，我……」

我插嘴說：「妳現在也是夜見北三年三班的學生，對吧？」

先前讀完學生意外身亡的報導後……我認為見崎鳴與死者同班的可能性「不是零」。

見崎鳴沉默地點了點頭，動作小到像是在抖動。

我說：「五月底的時候，我碰巧讀到報紙上的報導。她是叫櫻木由香里嗎？就讀夜見北三年級的她在校內意外身亡，母親也在同一天……讀完報導後，我的想像力開始無邊無際地膨脹，最後心想：妳搞不好是她的同班同學……」

見崎鳴又點了點頭，動作一樣宛如顫抖。

「今年是『有事的一年』嗎？」

我發問。

「『多出來的人』混進教室裡，『災厄』……」

「——已經開始了。」

見崎鳴細聲說。

「已經死了好幾個人了，就連班導師也在暑假前往生了。」

「啊……」

「所以說……」

「所以說？」

「我的想法是：賢木先生如果是八七年慘案的當事人，說不定能提供一些有用的情報給我……所以我才去拜訪。」

「結果發現我已經死了，變成鬼魂……是嗎？嚇到妳了嗎？還是害妳失望了？」

見崎鳴不發一語，稍微歪了歪頭。

嘰——啾——上空傳來鳥鳴。我抬頭一看，發現有幾隻海鷗正低空飛行著。

「就算妳來找我時我還活著，我想我大概也沒辦法給妳什麼有用的情報。」我說。

見崎鳴依舊歪著頭。

「是這樣嗎？」

「我只能說：學從前的我們逃之夭夭吧，只有這個辦法了。」

「逃跑……」

「至少我們是逃跑後才得救的，我有同學趁暑假來這裡避難，這段期間內都平安無事。」

「就是那張照片裡的人？」

「嗯，是的。」

矢木澤，樋口，御手洗，新居——我依序回想與我合照的這四個人的長相，同時回答。

就在這時，我聽到了嘈雜的聲響。

四周原本就有各式各樣的聲音，但新加入的聲響極為異質，令聽者反射性地陷入強烈的不安之中……

……是尖銳的警笛。大概是警車吧，而且有好幾輛。

距離越來越近，不久後便止息了，止於從這裡也看得到的海邊馬路上。

「不知道出了什麼事。」

見崎鳴說話的同時。

「會是什麼事呢？」

我也不自覺地喃喃自語。

「車禍之類的？」

「嗯……如果是車禍的話，我們應該會先聽到車子相撞時發出的巨響或類似的聲音吧。馬路就在不遠處啊。」

「那……」

「比方說，可能是有人在海裡溺水了。那裡離海水浴場也很近。」

見崎鳴邊說邊採取類似伸懶腰的姿勢，將視線投向巡邏警車的附近。定睛凝看，試圖掌握那裡的狀況，就算只看得到一些片段也無所謂。

「啊……你看，似乎有人群在那裡聚集了，警察都往海岸的方向移動……」

人聲乘著海風傳來。聽不出他們到底在說什麼，但感覺得到那裡的氣氛很緊張。

「果然是海邊發生了意外嗎？」

「說不定不是意外，而是犯罪事件。」

見崎鳴再次轉頭面向我。

「有可能是海水浴場的遊客惹事生非，有人才打電話報警。也有可能是——」

她意有所指地打住。

「也有可能是？」我催她說下去。

她停頓片刻後如此回答：「比方說有屍體被打上岸，這可能性並非零吧。」

「啊……」

我對「屍體」這個詞產生強烈的反應，這也是當然的。

被打上岸的屍體，上岸前曾漂流於海上或沉沒在海底的屍體。那說不定是——那屍體說不定是……我的？

我一想像那畫面，便覺得眼中的世界扭曲歪斜了。

……我的，屍體。

我死後被丟進海裡了嗎？屍體現在才……

我的屍體就在那裡。長時間浸泡在水中，肯定已經腫脹不堪了吧，肉體也已經被魚咬得殘缺不全……

「你在意的話，要不要過去確認看看？」

見崎鳴彷彿看穿了我動搖的內心。

「不想急著採取行動也無妨，遲早會有消息傳過來的。」

「啊……嗯。」

我點點頭，但還是渾身不自在。身體朝海邊的方向挪移了一些，彷彿受到遠方巡邏車的警燈吸引似的。但就在這時……

「外頭怎麼啦？吵吵鬧鬧的。」

見崎先生走出屋外，來到露台。

「……嗯？那裡有警察……到底是怎麼了。」

就在這時。

不知為何，我突然覺得自己的存在變得越來越稀薄，就快墜入那片「空洞的黑暗」中了。**出沒**的相反，即**消失**。我有即將消失的預感。

「……不要說話可能比較好。」

見崎鳴低聲呢喃。

「等其他人不在的時候，我們再碰面吧，鬼魂先生。」

## 4

在那之後，「我」的存在進入前所未有的不安定狀態，但仍勉強滯留在這個時空之中。意識可用「斷斷續續」來形容吧。出沒後很快地又覺得自己快要消失了，實際上消失後又馬上現身……這過程不斷重演。

不知道我這段時間內的身影在見崎鳴的左眼中看起來會是什麼樣子。

海邊異常事態引起的騷動持續了一陣子，但我們最後並沒有去「一探究竟」……幾十分鐘後，見崎先生親自捎來消息給我們。我不知道他是怎麼取得情報的。他不久前曾去其他房間打電話，也許在警界有人脈吧。

總而言之，回到房間內的見崎先生說：「似乎是有人在海邊發現了屍體。」

他說話的前一刻，我的意識正逐漸遠去，但這句話將我固定在原地。

大家的反應不一。

「哎呀。」霧果掩口蹙眉，但她還是朝窗外投出堅毅的視線。

「咦。」月穗發出小小的驚呼，隨即低下頭去，似乎很慌張的樣子。是我多心嗎？她的臉色好像也變得蒼白了一些。

「屍體？」美禮歪了歪頭，望向母親。

「啊……沒事喔。」月穗感覺到她的視線，便將她擁入懷中。

「這件事和美禮沒有關係，妳不用在意。」

與母親和妹妹分開坐的阿想搖搖擺擺地站起身。臉上依舊面無表情的他掃視四周。

「……我不知道。」

低聲撇下這麼一句，又坐回沙發上了。

「什麼樣的屍體呢？」

發問者是見崎鳴。見崎先生很懊惱，似乎覺得不該在這種場合報告這件事，但他還是一邊拈鬍子，一邊略顯尷尬地說：

「之前似乎有對情侶失蹤，下落不明。他們在來海崎對面的岸邊搭船出海後就沒再回來了……我原本不知道這件事，但在這幾天內似乎演變成了一場大騷動。剛剛發現的是其中一位失蹤者的屍體。」

「——這樣啊。」

「死者似乎是女性，男人依舊行蹤不明。」

「是女性啊。」

「嗯，總之我的消息來源是這麼說的。」

……**溺死的女性屍體**。

我的存在雖然越變越稀薄，但他們兩人的對話我還是聽得一清二楚，完全理解。

被海浪沖上岸的女性屍體。

**女性**……也就是說，**那不是我的屍體**。

我發現自己領悟到這一點後，竟然鬆了一口氣——真是奇妙的心情。

我為什麼會鬆一口氣？

為什麼會覺得安心？

我明明一直在尋找下落不明、狀態未卜的自己的屍體啊……我卻，我卻……為什麼會這樣？

難道，我其實還不想承認自己已經死了嗎？都到這關頭了，我還沒把那種念頭徹底剔除嗎？不會吧。

不可能的，我只是一時錯亂……或者說，那只是生前的心靈運作模式產生的反射性的念頭。應該吧。

## 5

這天的茶會結束時，我仍勉強滯留在原地，其間一下子出沒，一下子消散……反覆切換。

而見崎鳴找了個四下無人的機會再度向我搭話。

「明天我想再去『湖畔宅邸』一趟。」

接著她又小聲地說：

「下午，大概兩點左右。」

「咦？」

她盯著大吃一驚、陷入混亂的我看，面露微笑。

「到時候你再把你的經歷說給我聽，好嗎？」

「就算妳這麼說……」

我也沒辦法回答她「喔，這樣啊」，並且遵照約定出現在**那裡**——鬼魂其實是如此受限的存在呀。

「明天沒辦法嗎？」

「呃……問題並不在於有辦法或沒辦法……」

「嗯——哎，這樣啊。」

見崎鳴的嘴角微微勾起，旋即恢復原本的表情。

「總之，我會過去看看的。」

她緩緩舉起右手，以掌心蓋住右眼。手肘上的繃帶末端鬆了開來，飄呀飄的。

「反正我還有一些在意的地方。」

「喔……呃……」

她讓藍色眼珠正對著吞吞吐吐的我，並說：「我隱約知道你有你的苦衷……不過那裡畢竟是賢木先生家，請你努力一下，看有沒有辦法在那個時間**出沒**囉。好嗎？鬼魂先生。」

# *Sketch 6*

有些人死了以後也不會變成鬼魂嗎？

據說，對人間懷抱怨念和依戀的人死後才會變成鬼魂。

例如被狠狠整死的人？像是《四谷怪談》的阿岩？

聽說這種人死後就會變成怨靈，報復當初惡整自己的人。還有來不及把自己的想法傳達給重視之人的死者，還有死後沒人祭拜的死者……哎，不過這些都只是人類的想像啦。

沒有怨念和依戀就不會變成鬼魂嗎？

那種死者就會成佛，聽說是這樣啦。這是佛教徒的想法。

基督徒的想法就不一樣嗎？

嗯，該怎麼說呢？

信奉不同宗教，對「死」的看法就不一樣嗎？

「死」的本質只有一個，但不同宗教的信徒會從不同角度來看待它，有立場之別。

……可是。

可是？

先別提宗教或鬼魂不鬼魂的了，我啊……

# 1

就算想在決定好的時間、地點出沒，也不一定能如願以償——這是我所掌握的，確切的「鬼魂生態」。然而，我隔天真的出沒了。出沒於八月一日下午兩點過後的「湖畔宅邸」內。到底是不是因為我按照見崎鳴的吩咐付出「努力」，所以才收到如此成果？我無從得知。

我在宅邸的後院發現她的蹤影。

她身穿丹寧布短褲，搭上黑色T恤，外頭罩著一件淺黃色的夏季針織衫，頭戴白色鴨舌帽，肩背紅色背包……我發現她時，她正站在後院角落一字排開的墓碑旁。纖細的手指抵著下巴尖端，眼望木片製成的粗陋十字架。

「唷。」

我主動出聲。

她轉過身來，將我納入視野之中。她今天打從一開始就沒戴眼罩。

「賢木先生？」她發問。

「嗯，是啊。」我回答。

見崎鳴嘴角的線條繃緊了，但臉頰上浮現笑意。

「你真的現身啦。」

「哎……總算是成功了。」

我邁出沉穩的步伐，站到見崎鳴身旁。她已轉頭回去看那些墓碑了。

「這就是你先前提到的烏鴉之墓嗎？」

「嗯，對。」

我點點頭，掃視成排的十字架。

「左邊的是烏鴉，其他的是烏鴉之外的動物。」

「喔。」

見崎鳴朝左邊的墓碑邁進一步，望向它，接著一步一步往右移動，將大小不一的墓碑全都看了一遍。不久後便在右側的十字架（也不知道是第幾個）前停下腳步。

「令人想到《禁忌的遊戲》❷呢。」她低聲呢喃。

看我毫無反應，她又說：「是很久以前的法國電影。」

「啊，那個……」

我連忙挖掘自己的記憶，但挖得動的部分只有一丁點，**啪沙**。看到自己如此不爭氣，我真是焦躁難耐。

「那麼，說不定——」

見崎鳴再度往右方移動一步，低頭看著地面。

「賢木先生的屍體就埋在這列墳墓的尾巴之類的？」

「咦。」

我被她出其不意的發言嚇了一跳，順著她的視線望過去。地面很堅硬，上頭長了一片密實的雜草。

在這裡？

我的屍體就在這裡？

不對，不可能——我立刻修正想法。

❷雷尼・克萊曼執導電影。劇中的小男孩、小女孩四處收集十字架，幫死去的動物製作墳墓。

「不可能吧。」

我回答。

「如果有人曾經在這裡挖出一個人類大小的洞，再把土填回去，應該會留下痕跡才對吧。但這裡的地面感覺沒什麼異狀。」

我先前就想到屍體埋在院子裡的可能性了，已經巡視過一圈。

「你說得對。不只是這裡，這一帶的地面狀態都差不多。」

見崎鳴抬起頭來。

「那，我們再去別的地方繞繞吧，鬼魂先生。」

## 2

「去年暑假，我曾在這裡畫房子的素描，當時還不知道這是賢木先生家。阿想發現我在這裡，就帶我到湖畔找賢木先生……」

見崎鳴走向院子的另一頭，動物墓地的正對面（以方位來說就是東邊），踏入與建築物距離遠近適中的樹蔭之中，停下腳步。

「我把當時的素描帶過來了。」

她轉身面向我，放下包包，拿出一本素描本。八開大，橄欖綠色封面。

「去年我把它放在別墅，沒帶回家。後來也一直沒機會過來拿。要不是這樣，今年在我手邊的應該會是下一本……新的素描本才對。大概就是所謂的因禍得福吧。」

她到底想說什麼？

我無從得知，只能佇立在原地。

暖風吹來，見崎鳴頭上的枝葉以及葉隙篩落在她身上的光斑隨之搖曳。她的身影彷彿也微妙地蕩漾著。

盛夏的藍天無比澄澈。

強烈的日光無情地照著樹蔭外的我。它想燒盡原本早該從這世界上消失，早該落入黃泉、徘徊於黑暗中的我——如此想法浮現的那一瞬間……

明朗的午後風光在我眼中頓時變貌。

感覺就像是被拋進了正像反轉成負像的世界。我下意識地閉上眼睛，用力甩頭。

「你看這個。」

我聽到見崎鳴的聲音。她翻開素描本，展示其中一頁，要我進入樹蔭下看。

「這張畫——看到了嗎？」

是鉛筆素描畫，細膩的筆觸勾勒出這個角度所見的宅邸，以及周遭的景致。

兩層樓高的西洋風建築，貼著雨淋板的外牆上開有縱向長方形上推窗。屋頂不是懸山頂，而是由兩種斜度的木板接合而成。靠近地面的位置也開了幾扇並排的小窗……

「哈哈，妳很會畫圖呢。」

我如實說出心中的感想，她聽了便噗哧一笑。

「謝謝你稱讚我啊，鬼魂先生。」

之後她以略微尖銳的嗓音發問。

「你看到這幅畫，有沒有什麼特別的感覺？」

「特別的感覺？」

「拿它跟現在這個角度看過去的建築物外觀比較看看吧。這不是照片，所以細節並沒有完全正確地重現，不過……」

聽她這麼一說，我再次轉頭望向宅邸。

從春天開始就沒人維護屋況了吧。整體而言，現實中的雜草長得比畫中還要茂盛許多，散發出頹圮的氣氛。一樓牆面或低處並排的窗戶都被高度齊肩的雜草掩住了……

目前我注意到的差別只有這個。

「下面的窗戶是為了地下室的採光才設的嗎？」

見崎鳴指著窗戶發問。

「嗯，是啊。」

「之後我也想去地下室看看。」

「可以啊。」

我回答後搖了搖頭。

「不過我的屍體不在那裡喔，我已經找過了。」

「——這樣啊。」

見崎鳴走出樹蔭下，素描本依舊在她手中，沒闔上收起來。她緩步走近建築物。

「那是什麼？」

她再度指著某處發問。留在樹蔭下的我轉過身去。

「我去年的畫也沒畫到這個。」

那東西在建築物右端前方，被恣意生長的雜草掩蓋住了。那是什麼呢？白色的裝置藝術品？

「啊，那應該是……」

高一公尺多，體積頗大的一件物體……定睛一看，是雙手高舉過頭、仰視上空的天使像。

「去年應該沒有這個東西耶，是什麼時候擺到這裡來的？」

「什麼時候……」我只能用這種曖昧的方式來回答——因為我不知道，它彷彿不曾存在於我的記憶中。

我心中浮現了一絲懷疑——難道說……

我先前一直沒注意到它。難道我的屍體就埋葬在那裡？天使像則是一個標記？

可是……

我和見崎鳴一起上前觀察雕像周遭的地面，發現它和後院墓碑四周的土地一樣毫無異狀，不像是今年春天之後曾有人開挖埋屍的樣子。

## 3

後來我聽從見崎鳴的要求，和她一起朝車庫移動。車庫與主建築鄰接，我進入昏暗的室內後，不知為何就放鬆下來了，真妙。看來鬼魂還是與大白天的陽光不對盤吧。

見崎鳴走向髒兮兮的旅行車，從駕駛座窺看車內。

「車裡頭我查過囉。」

我半說半嘆氣。

「後座、行李箱都沒有異狀，車底當然也是……」

「你最後一次坐這輛車是什麼時候？」她說話的音量宛如自言自語。
「什麼時候去了……」我低聲呢喃──我其實不知道，不記得了。
「賢木先生總是開這輛車去找月穗嗎？」
「是啊，走路的話還滿遠的。」我答道。
「你常載阿想嗎？」
「這個嘛……」我遲緩地探索著記憶，最後搖搖頭：「啊，不常。」
「我很少載人啦。月穗和阿想都很少坐我的車……」
……為什麼呢？
我自問的同時，答案也在我心中浮現了。
「其實我自己生前也很討厭坐車。雖然我覺得自己有必要開車所以去考了駕照，開車出去晃的頻繁程度也跟一般人差不多。」
「但你還是討厭坐車？真的嗎？」
「嗯，基本上應該是吧……對了，我應該是會怕，怕得不得了，打從心底感到恐懼。終究還是會覺得坐車這件事很嚇人呢……所以也不想讓別人坐自己的車。」
「那是因為……」
見崎鳴從駕駛座車門邊退後一步，瞇起右眼。

「那是因為坐車會讓你想起十一年前的巴士車禍嗎？」
「大概吧。」
我回想當時的場面，點了點頭。
「因為那是非常嚴重的車禍。」
——因為那是非常嚴重的車禍。
「無論如何就是忘不了當時悲慘的光景。」
——就是忘不了。
「我也曾經試著對自己說：那是特殊的『災厄』。但就算那種『災厄』不發生，開車也是會出車禍啊。」
「……」
「如果只是自己開車出車禍就算了，但有人共乘的話……想到這裡我就……」
——如果只有自己死掉就沒差啦。
——只有自己的話……
「所以……」
「所以你才不想載人？」
「就是這麼一回事。」

「嗯。」

見崎鳴轉身背向旅行車。

「賢木先生一直走不出來呢。」

她又用自言自語似的音量說話。

接著繞了車庫內一圈，細看掛著車鑰匙的小置物架，湊近櫃子觀察放在裡頭的各種工具、道具、用途不明的**廢料**。我看著看著焦慮了起來。

「這裡我已經仔細搜找過了，沒有我的屍體啦。」

我催促見崎鳴。

「差不多了吧，要繼續找的話就換個地方……」

嘰嘰，怪聲就在這時響起了。

嘰嘰嘰嘰……嘎嘰。

就在我心想「怎麼回事」的下一個瞬間——

一聲巨響撼動了昏暗的車庫。

我不知道是怎麼了。

搞不好是見崎鳴的包包勾到從櫃子凸出的工具？這也可能與她的行為無關，只是日漸腐朽、變得不安定的櫃子剛好在這時失去平衡……

總而言之，那聲巨響是沿牆放置的高大置物櫃與雜物一起倒下時發出的。

「啊啊！」

見崎鳴被壓在櫃子下面了……

「……怎麼會這樣。」

看上去就很纖弱的身軀轉眼間就被壓扁了，根本撐不住……

「不會吧……」

大量灰塵揚起，如濃霧般阻礙了我的視野，讓我搞不清楚狀況，但不久後——

我看到她的身影了。

原本站在櫃子旁的她似乎在千鈞一髮之際順利躲開，沒變成肉餅。不過閃避時的慣性將她往下拖，使她倒臥在地。接著——

立在櫃子旁的鐵鍬、十字鎬受到衝擊，接連倒下，發出一連串窮兇惡極、毀滅性十足的聲響。揚起的灰塵再度如濃霧般掩去了她的身影。

「還……還好吧？」

我連忙衝向她身旁，可是——

她趴在地上一動也不動。

背上的包包積了一層灰塵，已看不出原本的顏色。鴨舌帽掉了，十字鎬的**尖端**就落在她頭部的咫尺之外。啊，如果再往旁邊偏幾公分的話……這我想到這裡便打了個冷顫。

「沒事吧？」

我以開岔、粗啞的嗓音竭力大喊。

「喂！妳沒事吧……」

我雖然衝了過來，但仔細想想，身為鬼魂的我又能幫她什麼呢？

能扶她起身嗎？

能照顧她的傷勢嗎？

我到底……啊，真是的，我到底該怎麼辦?!

就在我困惑、焦慮到快要發狂時——

身旁的見崎鳴動了起來。

她雙手按住地面，撐起膝蓋……靠著自己的力量緩慢起身了。

「呼……」

我心底鬆了一口氣。

「妳……沒事吧？」

「——似乎沒事。」

「有沒有受傷？」
「應該沒有。」
她站起身，撿起鴨舌帽，拍拍身上的灰塵。右手肘的繃帶就快脫落了，她皺起眉頭扯下所有繃帶，低頭看著地上的鐵鍬和十字鎬。
「嗯——真討厭。」
她嘆了一口氣，同時喃喃自語。
「不過……對啊，還好我不是在夜見山。」

## 4

我們離開車庫，按照見崎鳴的要求前往水無月湖畔。
「去年我在這裡見到賢木先生的時候……」
站在岸邊的見崎鳴說。她望向反射著耀眼陽光、水波蕩漾的湖面，眼神有種說不出來的悲傷（或者說是憂慮）。
「當時賢木先生對我的左眼發表了一些看法……你先前向我重提過，但我其實一直記得，因為那是令人印象深刻的對話。」

「啊……嗯。」

——妳那隻眼睛，那隻藍色的眼睛。

對，當時我是這麼說的。

——它的所見之物……所見方向說不定和我一樣呢。

「一樣的『所見之物』、『所見方向』，肯定是指『死亡』對吧？」

見崎鳴觀察我的反應，又說了一次：「對吧？」

「妳為什麼會那樣想？」我反問。

「因為……我的『人偶之眼』只看得到**它**。」

「看得到『死亡』？」

「是死亡的『顏色』，所以啊……」

她說到一半打住，緩緩舉起右手，以手掌蓋住自己的右眼。

「所以那時候我才說：和我一樣的話，大概不是什麼好事。」

沒錯，她當時站在湖畔說過那樣的話。我聽了覺得非常不可思議……

「賢木先生的屍體……」

她再次轉頭面對湖面。

「說不定沉在水底。」

「在這座湖裡？」

我自己確實也思考過這可能性。

「為什麼那樣想？」

「跟海邊相比，這裡的**感覺比較對**——比較搭得起來。」

「比較搭得起來？」

「這座湖有一半是死的，對吧？所以我才隱約覺得適合……」

毫無生命活動的，這座汽水湖的湖底。

「可是……這樣一來……」

「可能總有一天會浮上來，也可能永遠不會——你會想到湖底確認看看嗎？要不要下去？」

「啊？」

「你是鬼魂嘛，應該沒什麼困難的吧。如果是活人要潛下去就很要命了。」

聽她這麼一說我才恍然大悟——但我還是杵在原地。

簡單說，就是讓「我」的意識（靈魂？）脫離此地的「生之殘影」，飛向湖底。道理就是這樣吧，不過……

實際上究竟該怎麼執行呢？我一點頭緒也沒有。看來，「殘影」加諸在我這個鬼魂身上的侷限、束縛太過強大了。

我的視線從湖面上別開，緩慢地左右擺頭。這時我的腦海中——

那天晚上的聲音再度（做什麼……晃也）浮現了。

記憶復甦（……做什麼）。

滲出意識的表面（……別管我）

對，這八成是月穗的聲音（怎麼這樣……不行）。我自己也出聲回應（別管我……）（我……已經）。

每當我試圖捕捉這些聲音的意義，它們就會從我身邊逃開，消失無蹤。取而代之的是——

我映在鏡中的垂死面孔。

我的嘴唇顫抖般地蠕動著，伴隨著微弱的聲音。

「tsu」、「ki」。

那是……我先前認為自己當時想講的是「月穗」，但真是如此嗎？我發出「tsu」、「ki」兩個音節，之後就用盡了氣力，沒能唸出「ho」？還是說……

有其他可能性？

我想說的辭彙有可能不是「月穗」？

我發現自己好像稍微焦慮了起來，但我還是繼續思考下去。

例如——

例如這個湖的名字，水無月湖……minadukiko。

前兩個音節「mi」、「na」並沒有發出聲，只有嘴唇扭出對應的形狀，接著「du」、「ki」都說出口了，我先前只是把「du」聽成了「tsu」。剩下的「ko」跟「ho」一樣，母音都是「o」，與我最後的唇形吻合。

Minadukiko……水無月湖。

但我為什麼要在死前說出這個湖的名字呢？——還是說不通啊，看來這思考方向是錯誤的？

我最先想到的答案果然才是……

「怎麼啦？」

聽到見崎鳴的發問，我才慢慢回過神來。

「回想起更多生前的事情了？」

「啊……不是的。」我回答。

但就在這時——

又有聲音……又有語言的碎片和緩地從某處傳來。

（……在這裡）

這是什麼？

（至少……在這裡）

印象中我在某個時候聽過一樣的……

（……在這家中）

……月穗？

又是月穗說的話嗎？就算是好了……

她又是在何時、什麼狀況下說的？

見崎鳴瞥了一眼思緒陷入混亂、話說到一半便打住的我。

「我們走吧。」

「啊，呃……接下來要去哪裡？」

「房子裡。」

她說，只差沒補上一句：「這不是理所當然的嗎？」

「進鬼屋探險囉。」她轉身背向湖面。

# Sketch 7

先別提宗教或鬼魂不鬼魂的了，我啊……

什麼？

我啊……偶爾會覺得，人死後就會在某處和大家搭上線。

「大家」是指誰？

就是，比我更早死掉的大家。

死後，就會搭上線嗎？會上天堂或下地獄？

啊，不對，不是那樣的。

……

你知道什麼是集體潛意識嗎？

呃……那是什麼？

是某個心理學家提出的理論。他認為每個人心中最深處的無意識會在所謂的「無意識之海」中結合，這片海是全人類共有的。

哇。

我不認為他的想法完全正確……但我總覺得，人死後就會溶進這片「海」中，在那裡結為一體。

所以我死掉以後，也能見到生我的爸爸囉？

見得到。不對，不能這樣說。你們是會結為一體。該怎麼說呢？你們會變成同一個靈魂……

## 1

我們繞到房子後方，從後門進入家中，接著前往「正廳」。

這裡的窗戶數量與挑高空間的寬敞程度不成正比，因此整體而言，大白天還是頗為昏暗。

見崎鳴原地轉了一圈，環視四周，之後沉靜地走向固定在牆上的那面鏡子，微微歪頭凝看鏡面再轉向我。

「賢木先生之前倒在哪裡？」

她發問。

「那裡。」

我指著鏡子前方不到兩公尺處的地面。

「我仰躺在地，臉面向鏡子……」

雙手雙腳彎成詭異的角度，頭上某處傷口湧出的鮮血流淌到額頭與面頰上。地面上的血泊一點一點地往外擴張……那一晚的慘狀歷歷在目。

見崎鳴點了點頭，朝我所指的位置邁進一步，抬頭仰望。

「你之前說的扶手折斷的痕跡就在二樓走廊的那一段是吧。」

「對。」

「還滿高的，從那裡摔下來……運氣不好的話確實有丟掉性命的可能。」

她又點了點頭，接著說：

「好啦——之前賢木先生提到自己死前似乎有話想說，是什麼樣的話呢？」

我據實回答。

說我當時看到自己的嘴唇蠕動著，聽到自己口中傳出的聲音，也讓她知道我剛剛在湖畔思考過它們的意義。

「確實說出口的是『tsu』、『ki』兩個音節……」

見崎鳴盤起雙手，一臉正經地聽著。

「『minadukiko』感覺說不太通呢。」

「——嗯。這麼說來，果然是『tsukiho』吧。」

可是……我又為什麼要呼喊「月穗」這名字呢？

「為什麼呢……」

見崎鳴低聲呢喃，似乎還有什麼話想說，但最後作罷。

「——對了，那裡的時鐘……」

她接著轉換話題，看了老爺鐘一眼。

「你不是說八點半鐘響時，曾聽到某人的聲音？呼喚『晃也先生』的聲音……」

沒錯，有人發出細小的驚呼，呼喚我的名字（……晃也，先生）。

「你知道那是誰的聲音嗎？」

見崎鳴發問。

「比方說，可能是月穗的聲音？」

「不對。」

我搖搖頭。

「不是——我覺得不是。」

「那……」

三個月前的那一晚，那一刻。

對，我突然想起來了。

鏡子映出我的垂死光景，而發出呼喚聲的「某人」的身影也佔據了鏡中一角。

那是……

「是阿想。」

我回答。

「阿想當時在樓梯下方那附近……茫然地瞪大雙眼，呼喚我的名字：晃也，先生……」

沒錯。

那一夜不只月穗在場，阿想也在。他來訪，且目擊了我死亡的那一刻。

因此我某次在比良塚家**出沒**時，才會在心中默默對著趴在沙發上的阿想說：

——目擊者不只月穗。

——阿想，你也看到了。你當時也在那裡……

「阿想忘得一乾二淨呢。」

見崎鳴自言自語似的說。

「遭受的打擊太大了，所以把這裡的所見所聞都忘光了。」

## 2

我們爬上二樓。

見崎鳴檢視完有修理痕跡的扶手後說：「想再去書齋看一次。」我答應配合。

我想起三天前被她撞見的那個下午，手輕輕撫上胸口。

我的身體不過是「生之殘影」，手掌卻感受得到同為「殘影」的心跳撲通撲通地傳來——無法擺脫這種古怪錯覺的我先一步進入書齋，揮手請她進門。

三天前的下午——

她理應看不見我的身影，實際上卻看到了；理應聽不見我的聲音，卻也聽見了。得知她擁有這種「能力」，我嚇了一大跳。訝異，困惑，欣喜的程度大概也一樣強烈吧。原本以為自己會永遠過著這種孤獨的生活，卻在那天突然獲救了，為此開心得不得了……沒錯，我確實很感動，因此……

因此我才毫無保留地把自己的遭遇全都說給了這個小我十歲左右的少女聽。

飾品架上方的咕咕鐘正巧在這時候報時了——下午四點。

見崎鳴重複她剛剛在「正廳」時的舉動：原地轉圈，把整個空間看過一遍，然後沉靜地走向書桌前面，看了一眼打字機，微微歪了歪頭，伸手拿起那個相框。

「紀念照……是嗎？」

她低語，並望向相框旁的那張紙條。

「有賢木先生……矢木澤小姐、樋口先生、御手洗先生，以及新居先生。其中矢木澤小姐和新居先生已『死亡』，是吧？」

「對。」

「新居先生明明已經死了卻打電話來？」她看著一板一眼應話的我說。

「是的……」

「真不可思議呢。」

她將相框放回桌上，一邊嘴角微微勾起。

「那個姓新居的先生也是鬼魂嗎？是你的夥伴？」

見崎鳴的目光接著落向擺在書桌旁的矮櫃。櫃子上擺著無線電話，子機安放在兼作充電器的母機上。

她不發一語地拿起子機。

怎麼了？她要打給誰？就在我頭上冒出問號時，她又把子機放了回去。

「呵，原來是這樣啊。」

「什麼？」

見崎鳴乾脆地忽略我的問題，提出她的疑問。
「你說二樓有幾個房間上了鎖對吧？我也想看看裡面的狀況，但身為活人的我辦得到嗎？」
「這個嘛……啊，辦得到。」
我比了比房間另一頭的飾品架。
「那裡有個小盒子，裡頭放了幾把鑰匙，用那個應該就能開門了。」

## 3

上鎖的房間有兩個，都在二樓最深處。
我們先到其他地方（我的寢室、衣櫃、幾個長期無人使用的備用客房）繞了一圈，我才帶見崎鳴去上了鎖的房間。
見崎鳴用小盒子挖出的鑰匙打開了一扇門。這間房間乍看很像普通的倉庫，收納櫃、衣櫃沿著牆面一字排開，還有幾個看起來很耐用的大箱子散放在其餘空間內。
「這裡是……」見崎鳴歪了歪頭。
「我將雙親的遺物收集起來，存放在此。」我向她說明。

「賢木先生的父母的？」

「我媽受到十一年前，也就是八七年的『災厄』波及，死於夜見山。那一年我們趁暑假逃離夜見山，我爸就把她的遺物收進這個房間……」

我追溯著至今輪廓仍有曖昧之處的記憶，向她訴說這段往事。

「後來我們家又搬到其他地方去，但我爸就沒再動過這個房間了。六年前我爸過世，我搬進了這棟宅邸，把他留下來的東西也放進這個房間——我覺得放在一起比較好。」

「這樣啊。」

見崎鳴簡短地回答，並瞇起右眼。

「賢木先生的爸媽，感情很好是吧？」

「……」

「賢木先生很愛如膠似漆的他們，對吧？」

呼，她不知為何嘆了一口氣，似乎很哀怨的樣子。

「屍體不在這裡吧？」

「不在——我找過了。」

我緩緩搖頭。

「櫃子和箱子裡也都找過了，沒有我的屍體。」

見崎鳴接著打開的也是「過往時光的房間」，不過兩者的味道不一樣。

她走進房間，看到室內狀況的那一瞬間——

「啊……」

她口中發出不知是訝異還是嘆息的聲音。

「這是……」

我原本就知道房間裡有什麼了，但再看一次還是覺得很詭異。

房間不大，但除了開有窗戶的那面牆之外，其餘三面牆上貼滿了報章雜誌剪報或影印下來的報導、照片、寫滿手寫文字的大張模造紙，房間中央放著一張細長的桌子，上頭雜亂地堆放著報章雜誌、筆記本、資料夾之類的東西。

「這是……」

見崎鳴小心翼翼地走到牆邊，臉湊向其中一張剪報。

「『就讀國中的男學生在校園內離奇身亡　疑似在準備文化祭的過程中不慎發生意外』……是夜見北發生的事件？一九八五年十月……十三年前啊……而這是更久以前的報導對吧？」

她的視線移到另一張剪報上。

「一九七九年十二月。『聖誕夜悲劇　民宅火警半毀　一人死亡』……起火原因疑為聖誕蛋糕蠟燭——喪命的學生似乎是夜見北的學生。七九年，說不定是千曳老師當三班級任導師那一年。」

「千曳老師？」

「他現在是圖書館員，不過以前是社會科老師。你沒聽過他的名字嗎？」

「——不記得了。」

「這樣啊。」

「八七年巴士車禍的報導在那裡。」

我比了比剪報所在的方向。

「其他報導也都和夜見山發生的事件或意外事故有關，比八七年還要近期的剪報也有。模造紙上畫了依年度統整出的事件一覽表。都是我在這裡弄到的情報，所以應該不完整就是了。」

「照片呢？」

「是賢木先生拍的？」

「啊，對。我後來實際去造訪曾經出過意外、發生過事件的現場，拍下當時的模樣……」

「唔。」見崎鳴再度發出嗚咽，雙手擁住自己細瘦的肩膀，打了個冷顫。接著她沿著牆邊走了一段路，掃視貼在牆上的各種紙張，不久後便做了一個深呼吸，似乎是想藉此冷靜下來。

「這些，全部都是賢木先生收集的嗎？」

她向他確認。

「與夜見北的『災厄』相關的情報、資料，你都像這樣收集在這裡了？」

「是的。」

我點了點頭，但心中並沒有什麼鮮明的真實感湧現。或許也可以說，那份感覺一點也不靈活靈現。一定是「死後失憶」造成的後遺症吧。

「就像妳剛剛說的，我一直走不出十一年前夜見山事件的陰影。儘管如此，我也沒打算阻止後來不斷重演的『災厄』……該怎麼說呢？雖然覺得那已經跟我沒有關係了，卻又無法忘懷，在意得不得了，所以……」

**——無法忘懷，在意得不得了，所以……**

「像是被困在那個事件裡面？」

見崎鳴的語氣有些尖銳。

「被困在裡面……或許吧。」我壓低視線。

「被困在十一年前降臨的『災厄』之中，困在當時目擊的『死亡』之中。」

**——被困在裡面……對，或許就是那樣吧。**

「接著你在意的範圍擴大了。二十五年前起就在夜見北接二連三發生的『災厄』本身吸引了你的目光……」

**——啊……確實有可能是那樣。**

「賢木先生一直被困在『災厄』之中，不曾脫身。」

「——或許就像妳說的那樣吧。」

不久後，我們便離開了這個「災厄紀錄房」。見崎鳴在最後一刻瞄了門板旁邊的牆上一眼，突然止步。有人直接用油性筆在顏色已變得暗沉的奶油色壁紙上寫下字句——

**你是誰？**

**究竟是誰？**

不會錯的，這正是我，賢木晃也的筆跡。

# 4

「三個月前，賢木先生死於五月三日的晚上……」

下樓的途中見崎鳴開口了。

「當天，月穗確實來過這裡吧？」

「這個嘛……嗯。月穗姐當時和我的互動偶爾會片段式地浮現我心中……感覺像是在激烈爭吵。那確實是那天晚上的記憶……」

「月穗小姐為什麼會來拜訪賢木先生呢？」

「應該是因為，那天是我生日。」

我如實述說想法，回應她的問題。

「那天是我生日……所以她才帶著阿想過來，大概是要送我禮物之類的吧。阿想才會和她一起……」

……阿想的身影映照在鏡中。

「晃也，先生。」他發出細小的驚呼，呼喊我的名字。他大受震驚，極為恐懼……茫然地瞪大雙眼。

「他們兩人進門時，賢木先生在哪裡呢？在做些什麼？那裡到底發生了什麼事？」

這問句的矛頭不只指向我，同時也指向她自己。但她不忘觀察我的反應。

「果然還是想不起來嗎？」

「……」

我不發一語，不點頭也不搖頭。

（……做什麼？）

（做什麼……晃也）

（……住手）

（……別管我）

（怎麼這樣說……不行）

（別管我……）

（我……已經）

我刻意召喚出月穗與我當晚進行的那場對話，試圖捕捉它代表的意義。

冷靜下來重新思考過後，我認為有個地方值得玩味，那就是……不對，也不能這樣說。

那不過是我的想像或推測，它並沒有帶給我重拾記憶的感觸和真實感。

「除了先前提到的日記本之外，還有沒有什麼東西不見了？」

下樓回到「正廳」後，見崎鳴發問。

「這個嘛……」

她盯著語塞的我看，然後說。

「比方說，相機還在嗎？二樓的『嗜好收藏房』裡面有好幾台相機，看起來都像古董級收藏品。」

「啊，沒錯。」

「去年夏天我們在海邊碰面時，你手上拿著單眼相機對吧？在我看來，那是你用得很上手的『愛用機』，但好像沒跟其他相機放在一起。書齋、其他房間裡也沒有它的影子……」

老實說，我不是很確定。因為先前我一直不怎麼在意它的下落。

見崎鳴看我一副無可奉告的樣子，就走向大廳的另一頭，彷彿用行動告訴我：「我知道了，你不用回想了。」

「書庫在那個方向嗎？」

她比了比建築物的更深處。

「我想去那裡看一看……還有地下室。請再多陪我一陣子吧，鬼魂先生。」

## 5

「……好厲害，好像學校的圖書館，架上有各式各樣的書呢。」

見崎鳴在牢牢釘在地上的成排書架之間繞來繞去，這時終於說出與十五歲少女相稱的、天真無邪的感想。

「我爸的藏書原本還有更多。」

「難懂的書也有好多——你會不會覺得待在這裡好像就能解開這個世界的秘密呢？」

「該怎麼說呢……」

我跟在見崎鳴身後答道。

「不可能光靠這裡的書就破解世界上所有的秘密，不過……嗯，我偶爾也會有類似的感覺呢。」

「喔？」

見崎鳴轉過身來，稍微歪了歪頭，視線緊鎖在我身上。

「啊，呃……這樣，很怪嗎？」我一時之間亂了陣腳。

「不會啊。」

她眨眨右眼，嘴角含笑。

「我也有類似的經驗。」

聊著聊著，我們就離開書庫了——

「走這邊。」

我們先回到「正廳」，再轉進通往後門的走廊。走廊中段有扇咖啡色的門。白天不會開走廊的燈，在微弱的光線下更容易忽略它的存在。

「這裡。」

我向見崎鳴招手。

「穿過這道門，就能通往地下……」

我轉動老舊的門板，打開門。門後的房間乍看很像空蕩蕩的儲藏室，不過通往地下室的樓梯就在深處。

我幫見崎鳴開燈，打頭陣走下樓梯。實際上不過是「生之殘影」的左腳還是一跛一跛的。

樓梯底部又有一道門，門後是一條短短的走廊，地板、牆面、天花板都抹了一層灰色砂漿，看起來非常單調乏味。

走廊其中一側開了兩扇門，兩者之間有段距離；走廊盡頭則堆著老舊家具之類的雜物。

「平常好像沒在使用呢。」

見崎鳴說。

「涼涼的，但到處都是灰塵。」

她從短褲口袋取出手帕，掩住口鼻，將鴨舌帽帽簷拉得更低。

接著我們依序打開那兩扇門，確認裡頭的狀況。

「如妳所見，這裡完全變成**廢棄物**放置場之類的地方了。」

他指的是最靠近樓梯的那間房間。

房間另一頭的牆壁上緣開了一整排採光用的窗戶。室外光線照得進來，因此不用開燈也隱約看得見室內的狀況。就像我說的，地上散放著髒掉的水桶、**盆子**、水管、破損的木板、繩索，還有不知為何會出現在此處的石頭、煉瓦等等的……全都是些廢棄物。

見崎鳴站在走廊上往內看，沒有進入房間的意思。

「屍體也不在這裡對吧？」她向我確認，但沒把房門帶上。接著又問：「隔壁房間呢？」

「哎，可說是大同小異吧。」

我答道，並打開第二個房間的門。

這間房間也有採光窗，室內狀況隱約可見。不過這裡的窗戶和隔壁的看起來不太一樣，有個遺留下來的裝置指出這房間曾經用於**某種目的**。

那就是窗戶上方的窗簾軌道。

還有軌道兩端的黑色厚窗簾。

「暗房……」

見崎鳴自言自語。

「你之前都在這裡沖洗照片嗎？」

「以前都在這裡。」

我走進房間。

「我是因為父親才愛上攝影的。他以前都把這裡當成暗房，自己沖洗照片……」

「令尊過世後，賢木先生也會來這裡沖洗照片嗎？」

「剛搬進來時會。」

見崎鳴也走進房間。

我答道。

「當時我還會拍一些黑白照片，底片就拿來這裡沖洗。不過後來我拍的全是彩色照片……」

「也就是說，彩色照片你不會自己沖洗？」

「黑白照片與彩色照片的沖洗方法差很多，很難一起搞。」

「啊，這樣啊。」

「所以後來我就丟著這間暗房不管了。」

「——這樣啊。」

房間正中央放了一張滿是灰塵的大桌子、箱形的暗房安全燈……還有許多沖洗照片用的設備和道具被丟在原位，沒人照料。我甚至覺得這間房間散發出來的**廢墟感**比隔壁的廢棄物放置間還要濃烈。

「這房間我當然也仔細調查過了。」

我半說話半嘆氣。

「怎麼找都找不到屍體。」

「——這樣啊。」

見崎鳴點點頭，在暗房內徐徐繞了一圈，之後雙手盤在胸前，抬頭看了裝有暗幕的採光窗最後一眼。

「剛才那間房間有窗戶，這間也有。嗯……」

她垂下雙手，瞥了我一眼。

「你應該沒有這棟房子的平面圖……吧？」
「沒有，應該沒有。」
我一臉正經地扭扭脖子。
「至少我沒看過。」

# 6

我們離開第二間房間，回到走廊上。見崎鳴再度探頭看了第一間房間一眼，並走了進去，在廢物堆中繞呀繞的，不久後又走出房間，盤起雙手，歪著頭一語不發。
這時，就連我也開始覺得好像有什麼地方怪怪的，腦海中的某個角落有隱晦的想法正在成形、蠢蠢欲動。但不久後見崎鳴便說：「走吧！」轉身走向樓梯。
「繼續待在這裡也沒什麼用……」
我聽到她呢喃的聲音了，但沒有進一步質問什麼。
我們再次回到「正廳」。
時間已過五點半，太陽就快下山了。

## 7

時間差不多了，我該回去了——見崎鳴說，但我耽擱了她一會兒。

「呃，嘿，我突然有個問題想問妳，雖然可能有點怪。」

我們折返「正廳」，站到時針停在六點六分的老爺鐘旁……我看著她。

「妳談過戀愛嗎？」

「啊？」

見崎鳴似乎嚇了一跳，眼睛眨呀眨的。

「談戀愛？你是說……」

突然被這麼一問，吃驚也是當然的吧。連我這個發問者自己也嚇了一跳……或者該說非常困惑才對。我到底為什麼要問這個問題呢？連我自己都不清楚。

「……該怎麼說呢？唔……」

見崎鳴大動作地扭了扭脖子。

「呃，那個……」

我有點亂了陣腳，想不到該說什麼話來緩和氣氛，倒是想到了其他問題，我連忙拋給她。

「妳……會希望自己趕快長大成人嗎？還是不會？」

「嗯——」見崎鳴再度眨眨眼，稍微歪了歪頭，不久後……

「我覺得都沒差。」

她沉靜地回答。

「不管我想趕快長大還是不想，最後都會變成大人呀。人只要活著，遲早都會長大，對吧。」

「……」

「賢木先生呢？」

她反問，而我一時之間不知該如何回答。

「想要快點長大，還是不想呢？」

「這個嘛……」

**——變成大人後也沒什麼好事喔。**

「我……」

**——我啊，好想變回小孩呀。**

「我好想變回小孩。」

「喔——為什麼？」

「嗯，因為……」

——**大概，是因為我有想要喚醒的記憶吧。**

「那，談戀愛呢？」

「咦？」

「你談過戀愛嗎？」

「喔，呃，那個……」

我心慌意亂地尋找著答案，見崎鳴則眯起右眼，若無其事地望著我。

「沒談過嗎？」

她又問了一次。

「不……應該是談過。」

我把腦海中浮現的想法說了出來。

「可是……」

——**我可能沒有資格回答這個問題。**

「……因為我想不起來了。」

——**我已經記不太得了，所以……**

見崎鳴依舊眯著右眼，歪了歪頭，似乎覺得很不可思議的樣子。

# 8

「呃，妳……」

數秒後我又想拋出一句話給見崎鳴，但我發現她的視線並非落在我身上，而是在牆邊的電話台上。無線電話的母機就放在上頭。

見崎鳴走到台前，默默低頭看了黑色話機一眼，然後抬起視線。

「你是用這台話機聽了 Arai 先生的留言對吧？」

「啊，對。」

我猜不透她為何想問這個，但還是回答了。只見她點了點頭，露出「這樣就說得通了」的表情。

「因為放在書齋的子機已經沒電了嘛。」

「咦……啊，原來是這樣啊。」

「所以它肯定不會發出鈴響……」

我的舊友新居某某應該已經「不在世上」了。為什麼會有人以他的名義打電話過來呢？

她大概想到了足以解開謎題的理論吧？在我發問之前——

「關於新居來電的事件，我總覺得真相應該是這樣的。」

我的「內心」風景依舊深陷迷霧之中，難以掌握全貌，但我還是從中挑揀出一個想法。

「人——」

我說。

「人死後，說不定就能在某個地方和大家搭上線……」

「死後？連結？」

見崎鳴再度大動作地扭了扭脖子。

「是這樣嗎？」

「我偶爾是會那樣想啦。」

「你是什麼開始抱持這種想法的？」

「死前……大概是很久很久以前就開始了吧。」

「……」

「實際死去後卻變成了鬼魂……不過我之前應該也跟妳說過了，我認為現在的狀態絕對不是『死後應有的存在方式』，太不上不下、不自然、不安定了。」

「所以你才認為：總而言之先找出下落不明的屍體再說。就是這麼一回事吧？」

「是啊。接下來……屍體重見天日後，大家就會好好祭拜我這個死者賢木晃也，我才能抵達**正確**的死之境界，進入我原先應該要進入的狀態——我是這樣想的啦。」

「嗯，我大概了解你的想法。」

見崎鳴從電話台旁退開，站到「正廳」中央，與我拉開一段距離。

日暮時分，她置身於漸趨昏暗的空間之中，「灰色身影」看起來彷彿不具備實體，就和我一樣。

「人死後，說不定就能在某個地方和大家搭上線。」

我又重說了一次。

「『大家』是指誰？」見崎鳴發問。

「就是，比我更早死掉的大家。」

我答道。

「我認為人死後說不定會溶入全人類共有的，所謂的『無意識之海』，大家的意識會在那裡產生結合。妳認為呢？」

「灰色身影」毫無動靜，少女不發一語。

我接著說：「我在三個月前就死了，但仍處在**這樣的狀態下**，並沒有溶進『海』中。不過我的死亡或許還是產生了一些間斷性的、不完全的『連結』，也就是說……」

「呵。」

見崎鳴的視線再度飄向電話台。

「你是指 Arai 先生打來的電話？」

「對。」

我點點頭，雖然自己其實也還半信半疑。

「我想了又想，最後覺得打電話來的新居其實也是死者，他大概是死於十一年前的『災厄』吧。我死後和同為死者的他之間產生了『連結』，所以才……」

「他才打電話給賢木先生。」

「但話說回來，他留下的訊息還真不像死者會留的……哎，這只是我的一個假設啦。」

「相當大膽的假設呢。」

見崎鳴說完再度盤起雙手。我看不出化為「灰色身影」的她，臉上有何表情。

## 9

我真的不走不行了——見崎鳴說完便快步朝後門移動，我也追了過去，和她一起來到戶外。

「明天還能不能和妳見面呢？」今天換成我提出請求了——我心想，同時客氣地說。

見崎鳴停下腳步，轉過身來。總覺得她的面頰上似乎浮現了一抹笑意。

「明天……這裡見。」

為什麼要提出這個要求呢？連我自己都感到不可思議。和她碰面後，還要像今天這樣「尋找屍體」嗎？還是說……啊，算了，理由根本不重要。

我決定不要把事情想得那麼複雜，直接探問對方的想法。「妳有辦法來嗎？」

「嗯……明天嘛……」

見崎鳴壓低鴨舌帽帽簷。

「白天有些事情……不知道有沒有辦法。傍晚的話大概沒問題吧，約四點半之類的。」

「啊……那就……」

「那鬼魂先生有辦法嗎？」

她淘氣地問。

「你有辦法在那時候**現身**嗎？會不會有困難？」

「呃，這個嘛……」

就算想在特定的時間和特定的地點**出沒**，也不見得有辦法——但至少今天就成功**現身**啦。對，只要肯「努力」，明天一定也會……

「我會努力看看。」

見崎鳴聽到我的回答有些吃驚，右眼稍微瞪大了一些。

「這樣啊。」

她輕聲說。

「我知道了。那……明天四點半見囉。」

「我會在剛剛的大廳等妳，妳再進來找我吧。」

「——我知道了。」

見崎鳴答完便轉過身去。

少女行走在赤黑二色調和出的向晚天空下，而我目送著她逐漸遠去的背影，手按上胸口，感受著微弱的心跳——這「生之殘影」。不知怎麼的，心跳拍數突然亂掉了。先是撲通猛跳，接著突然又無聲無息……「空洞的黑暗」張開大口，硬生生吞下「我」的意識。

# *Sketch 8*

談戀愛是什麼感覺呢？開心嗎？還是很痛苦？
這個嘛……啊，不對，我大概沒有回答這個問題的資格吧。
為什麼這麼說？
……因為，我想不起來了。
……
我已經記不太得了，所以……
……為什麼？
……
為什麼會想不起來呢？怎麼會這樣？你不是非常喜歡那個人嗎？
非常喜歡……嗯，確實是這樣，這部分我還記得。我當時應該是非常……喜歡她。
可是……
可是？
我完全不記得對方**是誰**，想不起來了。

## 1

隔天，八月二日。

我遵守前一天的約定，在「湖畔宅邸」內**現身**了。

現身的地點正是昨天講好的一樓「正廳」，時間大概也差不多吧……直覺如此告訴我。

老爺鐘已經停擺了，無法告知我時間，但我豎耳傾聽。二樓傳來「咕」的一聲。是書齋的咕咕鐘，四點半了……應該是吧。

見崎鳴還沒來。

回過神來，我已站在寬敞廳堂的鏡子前，這與五月十七日下午首次「出沒」的情形如出一轍。垂死之際，我就是透過它看著自己嚥下最後一口氣的畫面。

然而……

此時我的身影果然沒映在鏡中，自從死後就一直都是這樣子了。除了我以外的物體明明都如實地映照出來了呀……

我已經完全習慣這樣的狀態，但考慮到這狀態的特殊性，我不禁又覺得見崎鳴看得見我真是不可思議的一件事。她說她那隻藍色眼珠可辨識「死亡」的「顏色」。在它看來，我究竟是什麼模樣呢？

我站在鏡子前面，等待見崎鳴來訪，但是——

等了好一陣子，她還是沒來。

寂靜之中傳來咕咕鐘的五聲啼叫，五點了。

她是怎麼了？

被白天的待辦事項耽擱到，所以才遲到嗎？

我心想，一直杵在這裡也沒用，不然就先繞到其他地方吧。就在這時，不知為何……眼前的鏡中映照出五月三日當晚，我垂死之際的光景了。簡直像是某人的意志所投射出的再現影像。

## 2

我，賢木晃也的身體仰躺在黝黑的地面上。我身穿白色長袖襯衫，搭上黑色長褲，感覺像國中生或高中生的打扮。扭曲的四肢向外攤開，就算想動也動不了。

我的頭扭向側邊，從某處傷口流出的鮮血弄髒了額頭和面頰，地上的血泊也一點一點地擴散著……

不久後……

扭曲而剛硬的臉部線條逐漸緩和下來，彷彿擺脫了痛苦、恐怖、不安等情緒，安詳得不可思議……

接著，我的嘴唇動了。

輕微地動了一些，宛如顫抖。

鏡中傳來說話聲。

「tsu」、「ki」。

接著鏡中傳來聲響。

是厚實又低沉的鐘響，告知現在時間是八點半。

「啊……」

一個細小的驚呼蓋過鐘響了。

「啊！」

這是阿想的聲音，他呼喚了我的名字。

「……晃也，先生。」

是阿想的聲音——他的身影、面容映照在鏡子裡的一角，看起來極度震驚。

「晃也，先生？」

極度恐懼。

「晃也先生！」

他茫然地瞪大眼睛。

「晃也……先生。」

我不禁回頭望向當晚阿想本人所在的位置，也就是通往二樓的樓梯口附近……此刻那裡當然沒有任何人在，本來就不可能。

我將視線移回原位，結果鏡中的畫面已經消失了……

突然間，有個近似恐懼的預感在我心中膨脹。我急急忙忙從鏡子前面退開，來到大廳中央，結果……

頭上突然傳來一聲巨響。

我抬頭一看，發現二樓的走廊的扶手斷了，有個人以頭下腳上之姿跌了下來……

……那個人正是我。

是我的身影。

這場面也發生在三個月前的那天晚上，時間稍稍早於鏡中那段影像。

我，賢木晃也的身體摔落鏡前了。我忍不住別開視線，再次望向上方。斷裂的扶手對面有道人影晃動著。那是……

是月穗吧。

她兩手撐住地面，頭探出二樓走廊，窺看下方……

在那一瞬間發出極為細小的「咿」一聲，隨後嘴巴大開，但沒有放聲喊叫，只發出喉嚨哽住似的低聲哀號。她臉色蒼白，眼神狂亂而失焦。

「月穗……姐。」

這……沒錯，這也是幻影，跟我剛剛在鏡中看到的畫面沒兩樣……我的記憶碎片自行組合、構築出當晚的事件，然後投影到**原地**。

——明知是幻影，我還是忍不住對著月穗呼喊，並衝向她所在的二樓。

跑上樓梯的途中……

我發現時間又回溯到更早之前了。

「……做什麼。」

我聽到月穗的聲音。

來自樓梯頂端的二樓走廊。是至今已在我腦海中浮現數次，但我遲遲無法掌握意義的聲音。我想像過、推測過，但不曾真正回想起來的畫面就擺在眼前……

「做什麼……晃也。」

我衝上樓梯，在走廊上跑了一陣子，前方便出現兩道人影。

其中一個人是月穗。

另一個人是我，賢木晃也。

他們從走廊另一頭朝我所在的方向移動。晃也的步伐顫顫巍巍，整個人搖來擺去，月穗則跟在他身後，似乎拚命想要點醒他……

「啊……住手。」

月穗抓住晃也的手腕，但被晃也甩開了。

「不要……不要再管我了。」

晃也用力推開月穗。

「你、你在說什麼？」

「不用再管我了。」

晃也撂下狠話，但他說話的節奏跟走路的步調一樣古怪。

「我，已經……」

**已經不想活了**——他（也就是我）說。所以不要再管我了，放我自由吧。

「……怎麼這麼說呢？」

月穗再度抓住他的手腕，但又被甩掉。

「我活夠了。」

「怎麼這麼說……不行。」

兩人漸漸移動到繞行挑高空間的那段走廊上，拉扯越演越烈。

晃也的步伐越來越不穩，撥開月穗雙手的動作也越來越僵硬、歪斜。儘管如此，月穗還是糾纏不清，試圖阻止晃也。兩人在推擠拉扯的過程中一再失去平衡，身歷險境。

「別管我……」

晃也試圖擺脫月穗。

「我……已經……」

「不行啊！」

月穗發出短促的叫聲，抵抗晃也的推擠。

這時晃也動作失控、施力過度，因而自取滅亡。他大力扭動身體，想藉此甩開月穗的手，冗餘的作用力拖得他腳步一陣踉蹌，背壓上走廊外側的扶手。

不幸地，原本就很脆弱（可是因為年代久遠吧）的扶手被他撞斷了。他完全沒機會打直身體，翻了個筋斗便跌落一樓……

……

這就是……

這就是我，賢木晃也的死亡真相嗎？原來如此。

就在我動念的瞬間，幻影消失了。

我慢慢前進，確認扶手的模樣。扶手已回復成以新木板修理好的現狀。探出頭去，也沒看到意外身亡的晃也的屍體……

「晃也。」

我又聽到聲音了。是月穗的聲音。

定睛一看，我發現走廊深處有她的身影。她站在一扇門前。（那是我的寢室……）

「晃也，你在吧？」

她發出憂心的呼喚。

啊，這……當然不是**晃也意外身亡後的事**，而是更早之前的場景……

時間又回溯了。

月穗帶阿想造訪宅邸，到二樓找尋晃也……發現他大概在二樓——在我眼前上演的應該就是緊接在後的事件吧。

「晃也？」

月穗再度呼喊他的名字，並打開門。

她往內窺看，且幾乎在同一時間發出響徹屋內的驚呼。

「咦？——什麼？你怎麼了？」

她的幻影衝進房內，我則在走廊上奔跑起來，追了上去，悄悄從敞開的門邊窺看屋內狀況。結果——

白色繩索自天花板上的橫樑垂下。

繩索末端打了一個人頭剛好可以伸進去的繩圈……一看就知道是**上吊自殺用**的。

繩索正下方擺著一張椅子，椅子上站著晃也（也就是我）。雙手握住繩圈，感覺隨時就要把脖子伸進去了……

「不行啊，晃也！」

月穗驚叫，衝向弟弟身邊。

「住手！你在做什麼？來，快下來……」

房間內瀰漫著一股濃烈的酒味。定睛一看，原來床邊桌上擺著酒瓶和酒杯，先前在我腦海中一閃而過的藥盒以及散落盒邊的藥丸也在。

酒瓶內裝著威士忌，藥盒內裝的是最近很普及的安眠藥。晃也（也就是我）當晚將兩者一起服用，意識朦朧，打算自己走上絕路。

也不知道是幸運還是不幸，月穗剛好挑在這時來訪，暫時阻止了弟弟的行動，但後來……

「……啊，不行。」

月穗轉過頭去。

「阿想，你不能進來，先到樓下等著，好嗎？」

聽到她這麼說，我也轉過頭去看。但阿想已經不在門邊了。

看來阿想曾跟隨母親的腳步來到門邊，但聽到她的吩咐後便獨自回到一樓大廳，接著……

我再次轉頭面對室內，幻影已消失無蹤。

月穗，晃也，繩索，椅子，桌上的酒瓶、酒杯、藥盒，空氣中彌漫的酒味全都不見了……

從窗簾縫射進屋內的光線極微弱，冷冽的黑暗自各個角落湧出，將佇立原地的我團團包圍。

## 3

傍晚六點過後，見崎鳴還是沒現身。不久後太陽便西下了，暮光變幻為夜色……

我一個人溶入汪洋般的黑暗中，思緒奔騰。

我生前常想：如果只有自己死掉就沒差啦。……而且也在月穗和阿想面前提過這個想法。

**——如果只有自己死掉就沒差啦。**

**——如果只有我自己死掉的話……**

比方說，我開車時很少載人。見崎鳴昨天說得很對，車子……會讓我想起十一年前的巴士車禍。那是非常嚴重的車禍。

**——那是非常嚴重的車禍。**

無論如何就是忘不了當時悲慘的光景。

**——忘不了……**

一個人再怎麼小心謹慎開車，都不可能讓出車禍的風險降為零。所以……

我討厭開車載人。要是出車禍害死那個人的話……想到這裡我就怕得不得了，怕死了。

我一直走不出十一年前車禍造成的陰影，但自己還是有車，使用車輛的頻繁度也跟一般人無異。仔細想想，大概是因為我總是抱持著「如果只有我自己死掉就沒差」的想法吧。

如果只有我自己死掉，就沒差。

不只汽車，我搭乘電車、飛機等交通工具時，也會表現出過度在意車禍機率以及死亡率的傾向。不過我並不是自己怕死。總覺得我生前在這些場合上抱持的想法仍然是：

如果只有我自己死掉倒是沒差。

也就是說……

「死亡」這個概念在我心中揮之不去。

我走不出過去的陰影、極度畏懼「有致死風險的活動」，但心中某個角落同時也潛藏著對「死亡」的憧憬——應該就是這麼一回事吧。長年下來，這份憧憬跨越了好幾個階段的質變，最終成為尋死的意志……

就在三個月前的那一天……

我決定在二十六歲生日當晚實現自己求死的願望。

我準備了繩索，打算在二樓臥室上吊自殺。為了壓抑跨出最後一步時的恐懼，我喝了酒、服下安眠藥，讓意識變得朦朧不清。然而……

月穗竟然在這個節骨眼上……

後來事情的發展就跟我剛剛目擊的畫面一致……不對，那是我**回想**起的畫面。

說到底，我的死其實是一場意外。

喝了酒、服了藥的我踏著不穩的腳步晃來晃去。月穗想要安撫我、點醒我，最後卻跟我起了爭執，結果才……

可是，月穗搞不好認為是**她害死我的**。

害弟弟從二樓走廊跌落跟親手殺死他沒兩樣。

這就是原因嗎？

所以她之後才……

……

……

……

**之後**……

我看著鏡中自己的身影，嚥下最後一口氣之後——空洞的「死後黑暗」吞噬了我，在我的記憶中留下一段完全的空白。不知為何，我總覺得……空白之中有**隱約可見**的畫面，以及**依稀可聞**的聲音。

那是……

……

……

……

（……在這裡）

**在這裡**……是她當時說的話。

（至少……在這裡）

她說……**至少，在這裡**。

（……這棟房子裡）

她說……**這棟房子裡**。

要隱瞞賢木晃也已死的事實，就非得把我的屍體藏到某處才行。月穗找丈夫比良塚修司商量這件事，並在過程中說出了那些話。

所以說，我的屍體一定在……

## 4

見崎鳴還沒來，說不定不會來了。到頭來——

我還是只能過著孤單一人的生活嗎？

## 5

昨天和見崎鳴進行「鬼屋探險」時，有個不對勁的感覺在我心中成形，蠢蠢欲動。

那是……沒錯，是我們調查最後一站——地下室時的事。

到底是什麼地方不對勁呢？

我再三自問，最後心裡總算有個底了。答案浮現後，反而覺得自己先前都沒注意到實在是太離譜了。我指的是……

——走廊盡頭的那面牆。

前方有老舊家具堆得亂七八糟的那面灰色牆壁——**它以前是長那樣嗎？**

我努力回想，最後還是給不出有把握的答案。

這段記憶已被「死後失憶症」消滅了嗎？不對，仔細想想，生前的我本來就很少來地下室……說不定我對牆面的印象原本就很模糊。

接下來該怎麼辦？我猶豫了半天，最後決定先到屋外看看再說。這行動背後是有理由的。

昨天見崎鳴讓我看了一幅畫，是她去年夏天畫的宅邸素描……

——你看到這幅畫，有沒有什麼特別的感覺？

她昨天如此問我。

——拿它跟現在這個角度看過去的建築物外觀比較看看吧。這不是照片，所以細節並沒有完全正確地重現，不過……

我想起了她說的話。

想起了她接下來的那句話。

——下面的窗戶是為了地下室的採光才設的嗎？

## 6

我獨自站到宅邸東側庭院的樹蔭下，就像昨天那樣。

我不知道現在到底幾點了。太陽早已西沉，夜幕籠罩大地。見崎鳴終究沒來找我……溫暖而強勁的風吹拂著。

從建築物的這一側看不到，不過月亮此刻應該高掛在夜空中吧。屋頂上空有微弱的光暈，星星偶爾會從湧動的雲隙間露臉。

我試著站到跟昨天相同的位置，以同樣的角度觀察宅邸。

我應該要留意的地方是……沒錯，就是一樓底部並排的窗戶，地下室的採光窗。

見崎鳴昨天八成是想說：**採光窗的數量不對吧？**

比對去年的素描和今年的房子現況，就會發現這個差異。受到叢生雜草遮掩、難以窺見全貌的區塊相當多，但只要細心比對就會發現：**今年的窗戶數量似乎比畫中少？**她當時就是在懷疑這點吧。

察覺她的想法後，我再次進行對比……結果如何呢？

靠近地面的位置開了幾扇並排的小窗。左邊那幾扇大概是地下室樓梯附近的廢棄物儲放間的窗戶吧，我看出來了。

也就是說，它右邊那幾扇對應的是過去作為暗房的那個房間……

那麼，更右側那幾扇呢？

我定睛凝望微弱月光與星光照亮的建築物外側。

再過去……就是建築物右邊角落了。它被恣意生長的雜草掩蓋，附近有白白的東西隱約露出。

大概是昨天看到的那尊天使像吧？見崎鳴說：「印象中去年沒看到這樣的東西。」它倚牆而立，所以我看不到它後方建築物的模樣。也許這就是它的存在意義，一種「障眼法」。

我只能走過去確認了。

天使像的後方（也就是建築物一樓底部）並沒有半扇窗戶，只有灰色砂漿砌出的光溜溜的牆面。可是……

見崎鳴去年的素描當中沒有天使像的存在，但有一扇窗戶開在灰色砂漿牆面的位置上。不會錯的，這代表——

**這裡**原本也有一扇採光窗。

窗戶的另一頭當然也就有一個房間。

**宅邸地下室的第三個房間。**

昨天下樓來到地下室後，我覺得很不對勁。如果問題出在走廊盡頭的牆面……那可能是代表「第三個房間」的門原本設在上面，後來卻消失了——我的記憶仍模糊得令人焦躁難耐，所以我無法把話說死。牆壁前方還亂七八糟地疊著老舊家具，簡直像是要遮掩什麼。

「至少……在這裡」、「這棟房子裡」月穗說過這些話。

可見我的屍體就藏在宅邸地下的「第三個房間」裡。藏好之後，他們就把房門封死，塗上灰色砂漿，而面向庭院的那扇採光窗也如法炮製，房子才會變成現在這個樣子……站在庭院往屋子一看，馬上就會發現窗戶少了一扇，所以才要放天使像遮掩——這樣推測應該不會錯吧。

風越來越強勁了。

草木發出的窸窣聲變得無比激烈，與周遭森林的颯響重疊。夜晚突然露出了詭異、瞬息萬變的面貌。不絕於耳的蟲鳴戛然而止，某處還傳來了烏鴉的叫聲，現在明明是晚上啊……月亮大概被流雲掩住了吧？四周頓時變得昏暗了一些。

我打了一個大大的冷顫，雙手按上灰色砂漿牆面。牆內應該有一扇被封死的窗。窗戶另一頭則有一個封印的房間，我的屍體就藏在那裡。啊，所以……

……

……

……

不久後……

一陣意料之外的碰撞襲向我，濃密的黑暗也在同一時間將我包圍。

# 7

……我什麼也看不見。

我在全然的黑暗中（這不是誇飾法）陷入混亂，極度困惑。

我什麼也看不見——但我仍有知覺。

各種知覺，形形色色、萬分異常的知覺……啊，我在**哪裡**？

混亂思緒的重重包圍下，我勉強向自己提出了一個問題。

我在**哪裡**？

這片黑暗是什麼？

它的密度異常地高，有別於「死後黑暗」的空洞。壓迫感異常地大，帶來的刺激和不快也很不尋常。還有詭異的……

……噁心到不行的觸感。

噁心到不行的聲音。

噁心到不行的氣味。

噁心到不行……一旦注意到它的存在，就無法再多忍受一秒。我從未體驗過的，噁心到不行的……

我的思緒仍是一團亂，紛亂無比。

但我還是在千鈞一髮之際站穩了腳步，免於墜入瘋狂的深淵。我再次問自己：

……我在**哪裡**？

## 8

**這裡**是……啊，我知道，大概知道。

我慢吞吞地收線，將上鉤的答案拉回手邊。

我死了，化為鬼魂……之後一直在尋找自己下落不明的屍體。後來總算解開了謎底。既然已知道它在哪裡，身為屍體主人的我自然得去會會它。就算它在沒有出入口的密室之中，我也得過去……

結果我就來到**這裡**了，這是理所當然的結果。

這裡就是遭到封印的，地下室的「第三個房間」。我置身於黑暗中。

# 9

……有光。

黑暗中有光亮起。

來自天花板垂下的燈泡，它不斷發出明滅不定的微光。

我憂心忡忡地環顧四周。

光線不太充足，我無法把每個角落都看得很清楚，不過可以確定自己沒猜錯——**這裡**正是遭到封印的地下室房間。

污穢的牆壁，污穢的地板、天花板。散亂一地的廢棄物，放眼望去就像是個廢墟……

……

……

……有聲音。

嗡嗡——嗡嗡嗡嗡——嗡。

高頻率的聲音，似乎有什麼東西飛來飛去。

喀沙，喀沙喀沙……沙沙。

細碎而微弱，彷彿有什麼東西高速移動著。

飛來飛去的生物是……蒼蠅。應該是蒼蠅振翅的聲音吧。

我望向細碎聲音的來源，看到幾個小小的黑影逃往暗處。是令人作嘔的黑色昆蟲。

……燈泡明滅著，頻率不定。

我在燈暗去的同時閉上眼睛，彷彿想藉此逃離我剛剛聽到的聲音、看見的事物。

## 10

氣味……

噁心到不行的氣味彌漫房間之中。

我聞過類似的味道，但從來不知道世界上竟有如此令人反胃的強烈異味、惡臭。

閉上眼睛後，反而覺得氣味更濃厚了。

這叫人難以承受的惡臭……

大概是……不對，就算真的是那個好了，也不該……

## 11

我忍不住睜開眼睛……

並注意到到一個老舊而巨大的裝置。

老舊而巨大的……大概是窯或爐子吧。

喀沙……喀沙沙沙……又來了。

我又聽到了討厭的細碎聲響。

目擊了黑色蟲群接二連三逃進那個鍋爐（或窯）中。我的脖子不禁一抽，發出「咿」一聲驚呼。

燈泡又開始閃爍了。

我再次閉上眼睛。

# 12

疼痛……

全身上下都在痛。

鬼魂根本不可能受傷啊。這是「肉體的殘影」所產生的「疼痛的幻覺」嗎？

不是什麼激烈的疼痛，但痛覺會一波波傳來，還帶著濕潤的觸感，叫人不快。一旦開始在意它們，就會放心不下，沒完沒了。

我睜開眼睛，攤開左手掌，發現一顆小石頭不知怎麼地出現在我的掌心。我是什麼時候握住它的呢？石頭黑漆漆的……是煤炭之類的東西嗎？

嗡嗡——嗡嗡嗡嗡——嗡。

糾纏不清的高頻振翅聲又響起了。

嗡嗡嗡——嗡嗡嗡嗡——

果然有蒼蠅，而且不只一隻，數量搞不好多達數十……

我噁心、焦慮了起來，不管三七二十一便投出左手中的小石頭。嗡嗡聲並沒有因此止息，反而——

啪嚓。

傳來了新的聲音。

聲音來自黑暗深處。

小石頭命中了那裡的某樣東西（……到底會是什麼呢）。

## 13

燈泡明滅不定，「滅」的時間似乎漸漸比「明」還要長了……

我用力閉上眼睛，又睜開。

在房間漆黑的角落裡，好像擺著什麼家具似的，看起來像是床或是沙發。原來剛才小石頭丟中的東西是這玩意兒啊。

我一步一步試著慢慢靠近。

這個家具有墊背與扶手，我想應該是沙發吧，而且它整體還被一張巨大的布覆蓋著……咦，怎麼有個東西鼓起來的感覺。等等！這個形狀怎麼好像是個人的感覺啊……

**難、難道是那個！**

難道現在橫躺在**那裡的**，就是我的屍體嗎？

# 14

我再一次用力閉上眼睛，又睜開。

這次我看見了沙發旁邊有張方形的桌子。我一步一步走近，發現桌上放著**兩個東西**。

其中一個是……相機？

那豈不是我，賢木晃也生前愛用的單眼相機嗎？

另一個東西也是「先前遍尋不著之物」——從書齋書桌抽屜內消失的日記本

「Memories 1998」。

原來在這裡啊。

我拿起日記本翻了翻，想知道三個月前的那一天——五月三日前，我有沒有寫下什麼東西。

馬上就找到了。

是五月三日當天寫下的。

字跡潦草而狂亂。

**雖然拖了很久，但這下總算能和大家搭上線了吧？**

**我別無所求。**

# 15

我站在用布蓋著的沙發前。

噁心的聲音依舊響著，噁心的氣味依舊彌漫四周，一波波帶有濕潤觸感的痛覺依舊襲擊著全身上下。再加上想吐、呼吸困難、暈眩感……不停顫抖，身心都感到顫慄。

但是……

我配合燈泡明滅的節奏用力開闔眼皮，然後對自己說。

……**就在這裡**。

就在這裡，這塊布下面。

有我追尋已久的屍體。

我自己的屍體。

## 16

我顫抖的手伸向那塊布。

布料上到處沾滿了疑似血跡的黑色污漬。啊，不會錯的，就在這下面，我的……

我以顫抖的手指揪住布料一端，想一鼓作氣掀起整塊布。但我用的力氣還不夠大——

唰，布往下滑了。

啪嚓，一個令人發毛的聲音響起。

劇烈的惡臭撲鼻而來，我忍不住鬆開捏布料的手，掩住口鼻，然後……我看到了。

看到了屍體。

我自己的屍體。

失去生命的它，化成了一個慘不忍睹的空殼。

## 17

它勉強還保有人形，但已變貌為醜陋、駭人的物體，任誰都無法、也不會想稱之為人。

腐壞的皮膚。

腐壞的肉。

腐壞的內臟……

襯衫的鈕釦已脫落，胸口大開，褲子到處是破洞和破損處，彷彿是蟲蛀的……不對，不是「彷彿」，一定是碰上了真正的蟲害。

腐壞的皮膚。

腐壞的肉。

腐壞的內臟……

彷彿就要從褲子裡滲漏、滿溢而出了。

某些糜爛的肉塊黏附在外露的骨骼上。

彌漫四周的異味果然是屍體散發出的腐臭。我當然知道屍體這種東西是會腐爛的，但我原本以為人類跟魚或鳥不同，過程會耗費更長的時間。沒想到一個大人的屍體光是放三個月就會變成這樣……

臉也不例外。

裸露出的白骨佔據一半以上的面積，面頰、鼻子、嘴唇的肉幾乎都不存在了。眼球也已消失，剩下兩個紅黑色交雜的窟窿……裡頭似乎有什麼東西在動。

它們彼此交纏，扭個不停，慢慢爬出洞外……

「嗚。」我發出哀號。

……是蛆。

無數的蛆從眼窩中……不對。

不只是從眼窩，也從鼻子、口中、僅存的頰肉中爬出。

燈光明滅。

嗡嗡——嗡嗡嗡嗡——嗡。

高頻率的蒼蠅振翅聲迴盪在房間內。

嗡嗡嗡——嗡嗡嗡嗡——

燈光忽明忽暗，頻率極快。

「哇！」

我發出喊叫，發狂似的搖頭，拚了命地揮手，同時往後退。結果——

唰，我滑倒了。

失去平衡的前一刻，我感覺到自己好像踩爛了什麼東西，恐怕是爬滿地的蛆吧。就是**牠們**的屍體和體液害我滑倒的。

好死不死，我整個人的重心被往前拋，無法止住踉蹌的腳步。扭向一旁的上半身往前摔——摔向沙發，和倒在上頭的屍體。

腐壞的皮膚。

腐壞的肉。

腐壞的內臟。

一點一點地剝落，攻向我的鼻尖，惡臭嗆得我難以呼吸。

我立刻伸手撐住自己的身體，但手掌落在屍體的腰際附近。滋，駭人的觸感傳來了。滿是破洞的褲子被我扯斷，盡情啃噬腐肉的蛆和其他蟲子一湧而出……爬上我的手掌、手臂、肩膀。

「哇！！！」

我發出慘叫，一味抖動身體，想要擺脫自己沾黏上的腐肉、糾纏不清的惡臭、不停蠕動的噁心蟲子。

「……不要。」

慘叫過後，我洩了氣似的喃喃自語。

「……不對。不該……不該是這樣的……」

燈光以和緩的頻率明滅著。

最後無聲地進入「滅」的狀態，不再亮起。燈泡的壽命到了盡頭。

「不要……」

全然的黑暗再次降臨，我發狂似的搖頭、擺手。

「不要。不該是這樣的……」

我竭力擠出開岔、粗啞的嗓音，接著又放聲大吼。

「……救命啊！」

# 18

「救命啊！」印象中，我不停重複呼救，喊了一段時間。

我希望誰來救我？希望對方幫我什麼？對方該如何伸出援手——連我自己也不知道。

後來我叫累了，整個人滑坐在地，雙手抱膝往旁邊一躺，縮起身子。

「……不要。」

我對抗著呼吸困難和想吐的感覺，氣喘吁吁地呢喃。

「怎麼會這樣……怎麼會……」

連我自己都不知道在哪裡的屍體，被人藏起來的屍體。

我還以為只要找到它就可以解決所有問題了。

以為只要親眼見到它、親手觸碰它……確認、接受「我自己的死亡」後就沒事了。

要是有機會的話，我還想讓世人得知「我已死去」的消息，讓他們好好憑弔我。如此一來——

我一定可以獲得解放，擺脫這個不自然、不安定的狀態。取得「死者」本來應有的「存在形式」，與「大家」搭上線……

可是……

一切說不定只是我自己的癡心妄想。我的推測可能連前提都是錯誤的。

此後我就得一直待在這片黑暗中，與屍體為伴嗎？

屍體完全腐爛、化為白骨後，甚至到了白骨腐朽後，我也還是會繼續滯留在此地……無法上天堂或下地獄，也無法「歸無」囉？溶入「無意識之海」，與「大家」搭上線更是不可能的事嗎？我只能維持現狀，永遠存在下去……

……我快瘋了。

不對，我可能早就瘋了。我……

瑟縮在黑暗之中，各種脫離常軌的妄想在我心中接二連三地浮現，又幻滅。

這裡——這裡搞不好就是「地獄」啊。啊，沒錯，搞不好就是這麼一回事。

三個月前的那個晚上，我在日記本中寫下剛剛那份「遺書」後，打算自己走上絕路。

雖然我最後是跟月穗起了衝突、從二樓跌落身亡，但實際上仍算是「自殺」。

在基督教教義中，自殺是大罪。

自殺者會墮入地獄。

所以我才掉到這裡來——掉進地獄之中。

（……忘掉吧）

某人的聲音突然在我腦海中響起，令我陷入極度的混亂。膨脹的思緒彷彿要把我的頭擠爆了。我搞不清楚狀況，束手無策……

（今晚……的一切）

這是……誰的聲音？

（……忘掉吧）

這是……在對誰說話？

這是？

「……我受夠了。」

我不自覺地吐出虛弱無力的話語。

「我不要這樣下去了。快……救救我！」

咚！

就在這時，有個沉重的聲音突然震盪了這片黑暗。

# 19

咚！

又來了，我下意識地摀住耳朵。

剛才的妄想仍然佔據著腦海，輪廓無比鮮明……它說這裡就是地獄。所以我才摀住耳朵。

咚！

形體不明的駭人**魔物**就要現身了。這居住在地獄的邪惡怪物，即將帶給我更可怕的磨難。

咚……鏗！

聲音從我背後傳來。

在層層黑暗的封鎖下，我什麼也看不見，不過聲音大概是背後的牆壁發出來的吧。

咚！

我從地上起身，採四肢著地的姿勢轉向聲音的源頭，後退了一小段距離，但很快就用盡了力氣，屁股著地，雙手抱膝。

咚……碰碰！

這聽起來也很像是從外頭敲擊牆壁的聲音。是地獄的怪物嗎？不對，難道是……

難道是……我的思緒到這裡便戛然而止，沒有下文。

咚！

這次的撞擊聲加倍響亮，而且有另一個聲音幾乎在同一時間發出：啪嚓。是什麼呢？好像是木材裂開的聲音……

啪嚓。

同樣的聲音再次傳來……

有光……

一道光線射入黑暗的房間之中了。

## 20

聲音斷斷續續地傳來，照入房間內的光線也隨之增加。

一道，兩道。三道，四道……接著它們合成了一大束光，一大片光。

牆壁逐漸崩壞了，某人正從外側敲毀它。

不久後，「某人」的剪影出現在白光之中了。
那不是怪物的輪廓，而是人類的。而且是我有印象的身形……像是嬌小的少女。
那是……
那是——
那是……鳴？見崎鳴？
她雙手握著某樣東西，搖搖擺擺地舉起，又搖搖擺擺地往下一揮。
咚！
搥打牆壁的聲音
啪嚓！
木材裂開的聲音。
砂漿與木板的碎片四散飛濺。
牆上開的洞頓時又擴大了一些，那片光也隨之延展開來……
「……呼。」
我聽到她喘了一口氣。這確實是她——見崎鳴的聲音，不會錯的。她的呼吸十分急促，氣喘吁吁。一會兒過後她才安靜下來。
「你在吧？」

並對我發出呼喚。
外頭走廊的白色日光燈亮著，另外還有手電筒的光線照進房間內。
「你在吧？鬼魂先生？」
厚重硬質的「咚噹」一聲傳來，她大概是把破壞牆面用的工具拋開了吧。
牆壁上已鑿出一個可供人通行的破洞。她穿過破洞進入房間內，途中停下腳步，發出呻吟：「嗚。」
「好可怕的味道……啊。」
手電筒照亮跌坐在地的我了。
**「找到了。」**
見崎鳴說。她逆著光，所以我看不太到她的表情。
「你果然在啊，你的聲音我都聽到了。」
「聲音……」
「嗯。」她點點頭。「我在牆壁另一頭聽到你大喊：『救救我。』所以我才……」
接著見崎鳴緩緩轉動手電筒，照亮昏暗的室內。不久後，她的動作就停了下來。
「……糟透了。」
她發現沙發上的屍體了。

「那就是……」

「我的……」

我的聲音發抖著。

「那就是我的……」

「我們走吧。」

見崎鳴說。

看我毫無反應地杵在原地，她就用手電筒照我。

「不想跟我走的話，我也可以把你丟在這裡一個人離開。對了，我順便把牆壁也封回去好了，反正你這個鬼魂還是可以自由進出嘛。」

「呃，這個嘛……」

……沒錯。這道理說得通，可是……

見崎鳴再度轉動手電筒，照亮沙發上那具模樣悽慘的屍體。

「這就是『死亡』──」

她放冷箭似的說。

我並沒有望向屍體，而是望向她。知道她以空出的右手遮住了右眼。

「它帶有『死亡的顏色』。」

見崎鳴接著說：

「雖然說我根本沒必要用人偶之眼確認，狀態真悽慘……欸，總之我們先離開這裡吧，屍體不會逃跑的。」

她向我伸手。

「好嗎？我們快走吧！」

腦海一片空白的我緩慢起身。見崎鳴握住了我的右手。

她的手些微汗濕，冰冰涼涼的。

## 21

見崎鳴拉著我的手往外走。

穿過走廊盡頭那面牆上鑿出的破洞。

洞外的地板上有根污損的十字鎬。這是……

沒錯，大概是放在車庫的那根十字鎬吧？她剛剛就是用它打穿牆……

「沒事吧？」見崎鳴問我。「還走得動吧？」

「——嗯。」

「那我們上樓吧。」

她發出催促之聲。

「待在這裡……不好。」

她拉著我走向樓梯，途中一度止步，回望牆上的洞。

「在這個季節裡放了三個月，當然會變成那樣。如果只是爛掉被蟲啃，說不定還算是不幸中的大幸呢。你想像過屍體的樣子嗎？」

我杵在原地，想不到要回什麼話。我幾乎完全失去主動的行為能力了。

見崎鳴拉著我的手爬上樓梯，邊走邊以平淡的語氣說：「這棟房子的二樓啊，並沒有電。斷路器似乎跳掉了。」

二樓……沒電？

「所以書齋的電話子機已經沒電了……那台打字機也是。」

書齋的……打字機？

「按下電源鍵當然不會啟動囉——你說是吧？」

見崎鳴走出樓梯間，來到一樓的走廊，接著直接前往「正廳」。大廳內很昏暗，只有幾盞壁燈是亮著的。屋外強風吹拂的聲音傳進室內。

來到大廳中央後，見崎鳴鬆了一口氣。

「好啦。」她低聲說，鬆開我的手，撥撥衣服上的灰塵。

「已經夠了吧。」

她再次轉身面向我說。

「啊？」

「想找的屍體找到了……其他事情也都想起來了吧？我是指屍體藏在那裡的原因，還有賢木先生之死的來龍去脈。」

「啊，大概吧。」

我俯瞰地面，輕輕點了點頭。

「大致上都想起來了。」

「——然後呢？」

見崎鳴接著問：

「找到屍體後……發生了什麼事呢？有像昨天說的那樣，與先前死掉的『大家』搭上線嗎？」

「呃，這個嘛……」

我支支吾吾，用上飄的視線窺看她的表情。

她繃緊嘴唇，以沉靜的視線望著我說：「死後到底會怎樣沒人會知道，除非真的死過——所以我認為賢木先生生前的想法不過是幻想罷了。」

「幻想……」

「所謂的『死亡』——」

見崎鳴輕描淡寫地說：

「所謂的『死亡』是更加空洞、更加孤獨的狀態……雖然這可能也只是我的幻想囉——過來吧。」

她向我招手，而我不明所以地走了過去。從大廳中央朝那面鏡子邁出幾步。

見崎鳴站到我身旁，悠然舉起手，指向鏡面。

「那裡有什麼？」

「有什麼……妳是指鏡子映照出的畫面嗎？」

「對。」

「這個嘛……」

鏡中有見崎鳴的身影，在她身旁的我——賢木晃也則沒被映照出來……這也是當然的。

「我只有看到妳。」

我小聲回答。

「只有妳的身影被映照出來。」

「這樣啊。」

她的話語中夾雜著嘆息，手又撥了撥身上的灰塵。

「可是……還真是奇了呢。**我卻看得到你**。」

「咦？」

「在我看來，你的身影也出現在鏡子裡了。」

「那、那……」

我看了一眼她的側臉，而她不為所動地盯著正前方。

「那一定是因為妳有『人偶之眼』的力量……」

「不對。」

見崎鳴小幅度地搖了搖頭。

「我不這麼認為。」

她說完便緩慢地舉起左手，蓋住左眼。

「就算這樣子，嗯，還是**看得到你**啊。」

「……什麼？」

「這和『人偶之眼』的力量無關，我用右眼還是看得到你鏡中的身影。」

怎麼會……為什麼？

這是什麼意思？她到底想說什麼？

我的思緒混亂到了極點，根本說不出話來。

見崎鳴看了我一眼，然後說：「你還不懂嗎？還沒看清真相嗎？」

「我……」

「你是賢木先生的幽靈，三個月前喪命，屍體被藏在剛剛那間地下室。今晚你終於解開屍體失蹤之謎，決定前往那房間一探究竟……結果在那裡大喊『救命』。救救我，不要啊，不該是這樣的……」

「那、那是因為……」

我精神耗弱地抱住頭，要是一個不小心可能就會腿軟倒坐在地。

「因為你**搞錯**了。」

見崎鳴斬釘截鐵地說。

「你打從一開始就弄錯了。」

「可是……」

「你轉過來面對我。」

我聽從她的指示轉身面向她。見崎鳴抬起右手，遮住右眼，盯著我看。

「**你身上沒有『死亡的顏色』**。」

她再次斬釘截鐵地說。

「**打從一開始就沒有，也就是說……**」

「怎麼會……」

我發出微弱的哀號。見崎鳴放下遮掩右眼的手，兩眼一起盯著我看，最後又以堅毅的語氣說：

「**也就是說，你不是死者，是活人。**你得先有這個自覺才行。」

# 22

就算見崎鳴這麼說，我還是無法壓抑心中逐漸膨脹的念頭：怎麼可能會有這種事……

我，賢木晃也，已經死了。

死於三個月前的五月三日，今晚好不容易才回想起事情的來龍去脈……我已經死了，失去生命了。死後化為幽靈，一直存在至今……

「怎麼會……妳胡說。」

「我是不說謊的喔。」

「騙人，賢木晃也已經死了，屍體也重見天日了。妳剛剛也看到了吧？」

我不懂她為什麼要這麼說，向她提出反駁。

「我是賢木晃也的幽靈……鏡子照不出我的身影，除了妳之外也沒人看得到我。我還不斷在各個地方出沒又消失……」

**「可是，你還活著啊。」**

見崎鳴直盯著我看。

「你還活著。」

她又說了一遍。

「你不是幽靈。我認為這世界上本來就沒有幽靈，至少我沒看過。」

她到底在說什麼？莫名其妙，我根本聽不懂。難道說……我跟她的互動其實只是我自己的幻覺或妄想？其實我仍在那個黑暗的地下室裡？見崎鳴並沒有現身，我只是在黑暗中看著自己編織的幻影……

「怎麼會這樣……」

我的嗓音仍顫抖不已。

「怎麼會……我到底是……妳到底是……」

「你差不多該回到現實來了。」

見崎鳴說完，將兩隻手搭上我的肩膀。

「真可憐。」

……可憐？

「什、什麼？」

「明明還是個小孩，卻一直逞強，一直扮演大人的角色。」

……還是個小孩？

「妳、妳要做什麼？」

**「你不是賢木晃也。」**

……不是賢木晃也？

「妳說夠了吧……」

「你不是賢木晃也，也不是賢木晃也的幽靈。你是……」

我是……

「夠了……」

「你是阿想。」

阿……想？

「我是想？」

「你是比良塚想，今年春天才剛升上六年級的男孩子，現在的年齡是十一歲或十二歲……但你在三個月前目擊了賢木先生的死亡瞬間，所以才……才**誤以為自己是賢木先生的幽靈**。」

……誤以為？

「不會吧……」

「產生這個錯誤觀念的具體原因我並不清楚，我只能擅自想像……」

……我是比良塚想？

「怎麼會……」

怎麼可能會有這麼荒謬的事——我的心中終究還是浮現了同樣的念頭。

我在比良塚家**出沒**了好幾次，也在見崎家的別墅**出沒**了好幾次……阿想都在場不是嗎？他也有和月穗或鳴說到話啊？一旁的我都看到了，也聽到了啊？為什麼見崎鳴會這麼說？

「首先，你說你在大廳看到自己垂死的模樣映照在鏡子裡。但那其實是阿想在那裡——」

見崎鳴指向樓梯口附近。

「在那裡看到的鏡中畫面。你後來開始相信自己是賢木先生的幽靈，才把那段畫面解釋成『賢木先生臨死前看到的畫面』。這就是所謂的『一步錯，步步錯』吧？」

「……」

「『賢木晃也死後失憶的問題』也是同樣的道理。」

「……」

「你根本不是賢木晃也本人。撇開你自己『過度震驚導致一時失憶』的狀況不看，你當然還是會有很多『想不起來』的事情。至於你『想起來』的事情，其實都是賢木先生對你說過，或者你和他一起聽聞過的事情。」

——那次車禍非常嚴重。

——如果只有自己死掉就沒差啦。

**這不是我自己說的話？**

**而是我聽來的話？**

——被困在裡面……對，或許就是那樣吧。

「比方說，去年我和賢木先生見過幾次面、聊了一會兒，你也都在場對吧？你記憶中的『見崎鳴和賢木先生對話的場面』其實是旁觀者阿想的所見所聞，但你後來誤以為是當事人賢木先生的記憶。讀了書齋裡的日記後才『回想起來』的記憶肯定也不少吧……」

……

……

……

……聽了她的話。

我還是無法置信。

我不可能相信那種說法。

我是賢木晃也的幽靈，偶爾會在生前活動過的區域出沒，一段時間後又會消失……對啊，我是幽靈，所以才能自由進出家中上鎖的房間啊，今晚也成功進入了那個密閉的地下房間啊……

「我剛剛也說過了，二樓沒有電，所以打字機本來就不可能啟動，誰來操作都一樣。不是因為你是幽靈才動不了它。」

見崎鳴以平淡的語氣說。

「你以為自己能自由進出上鎖的二樓房間，但那其實也只是你的妄想吧。你明明就知道房間鑰匙在哪裡呀。實際上，你並不是以幽靈之姿穿牆來去，而是利用鑰匙開關房門進出。在我看來你只是不想承認這個事實罷了，一旦承認，『我是幽靈』這個信念就會出現破綻……」

……不讓「我是幽靈」這個信念出現破綻？

我完全陷入沉默。見崎鳴湊到離我極近之處，凝視著我。

「接下來嘛，對，要講到我們第一次在這裡碰面的那一天——」

七月二十九日，星期四下午。

「當時我是為了拜訪賢木先生才來到這裡……結果發現一輛腳踏車，停放在院子裡的紫玉蘭樹下。」

啊，那是……

「我不小心撞倒了腳踏車，花了一番工夫才把它扶好……眼罩就是在那時候弄髒的。」

「——我有看到。」

「嗯？」

「我在書齋窗邊看到了，妳扶車的樣子……」

當時也不知道為什麼，我直接就把那輛車視為她騎來的車，但仔細想想……

「那輛車是阿想的吧？」

至少它不可能是見崎鳴的車。

因為兩天後，我便在見崎家的別墅得知「**見崎鳴不會騎腳踏車**」一事……

「明明是自己騎來的車，你卻刻意模糊它代表的意義，視而不見。因為**它也會動搖**

**『我是幽靈』這個信念**，造成矛盾。」

……刻意模糊它代表的意義，視而不見？

「你今晚可是被那輛車救了一命喔。」

見崎鳴的嗓音中多了一絲熱切。

「和你約好時間卻大遲到，真是不好意思。剛剛碰上了很多麻煩的狀況……狀況解除後猶豫了一下子，還是決定先趕過來看看再說。我原本想說天已經黑了，鬼魂應該已**消失**，而你應該已經以阿想的身分回家了……但是，該怎麼說呢，我心中一直有個不好的預感，就決定來看看。

我到的時候腳踏車還在。雖然屋子裡沒開燈，但腳踏車還在就代表你應該還在。我決定進屋子搜找看看……結果就在地下室聽到牆壁另一頭傳來你的聲音……」

「……」

「我當時也有大聲回應，但你沒注意到吧？沒注意到也是當然的，你在那麼黑的地方，旁邊又有屍體……」

「……」

「你在牆壁另一頭，就代表入口存在於某個地方，例如建築物外側。但我沒有尋找它的閒工夫，直接破壞牆壁才是最快的。牆上原本就有門，後來好像只是直接塗上泥漿封死……但我還是費了很大的力氣才敲開。我那時候想：與其找其他幫手來，不如馬上動手……」

「……」

我終究回不了話，無法相信她說的一切，只能任時間流逝。

室外風聲大作，不過書齋咕咕鐘還是抓到了空檔，捎來依稀可聞的報時聲。啊……現在到底幾點了？

「我……」

不久後我怯生生地開口了。

「……妳真的看得到我嗎？」

見崎鳴含笑回答：「這隻眼睛看得到喔。」

她以左手蓋住據說有特殊「能力」的「人偶之眼」。

## 23

後來，我又膽顫心驚地看了鏡子一眼。

鏡中映出了剛剛沒映出的畫面。

見崎鳴的身旁出現了一個比她還矮小的的男孩子。他就站在我現在站的位置，頭微微側向一旁，回望著鏡子外的我——比良塚想。

先前我一直以為自己身上穿著國、高中生風格的白色長袖襯衫與黑色褲子……此刻卻變成了黃色短袖ＰＯＬＯ衫和牛仔褲。衣服、臉、頭髮、手上都沾滿灰塵、泥土，眼球充血，臉頰上有幾條淚痕。那就是——

那就是我嗎？這是我嗎？

這是……

我盯著鏡子，同時動了一下。鏡中的男孩子也跟著動了。

我走了幾步，鏡中的男孩子也跟著走了——左腳並沒有一跛一跛的，絲毫沒有不自然之處。

（……忘掉）

這時，我的腦海中突然傳來一個聲音。

（今晚的一切）

月穗的身影隱隱約約地浮現在鏡中男孩子的身旁，這幻影的臉色蒼白、表情嚴肅。

（……全都忘掉吧）

啊……原來是這樣啊。

那一夜，比良塚想目擊了賢木晃也死亡的瞬間，大受打擊，茫然若失，失魂落魄。月穗則對他下達指令。

要他忘記今晚的所見所聞。

今晚什麼也沒發生，你什麼也沒看到。阿想一定是被催眠了，才會……

「唉……」

我嘆了一大口氣，彷彿將體內的一切物質都呼了出來，靜靜望向見崎鳴的臉龐。她沉默地點了點頭，並沒有多說什麼。

我又嘆了一口氣，這次更悠長、更深沉。賢木晃也離去了，只剩「我」留在原地。

「……再見了。」我出聲。

今年初春之前，我的聲音一直都落在高音域，且具備男孩特有的澄澈聲質。後來變聲期突然來臨，我的聲音頓時變得很怪。我此刻發出的，正是那開岔又粗啞的嗓音（再見了……晃・也・先・生）。

# *Outroduction*

## 1

人偶藝廊「夜見的黃昏是空洞的藍色眼睛」的地下展示間宛如倉庫，其角落依舊昏暗有如日暮時分——

聽見崎鳴說完「發生在這個夏天的，另一個『Sakaki』的故事」後，我做了幾次深呼吸。

我原本以為自己已經習慣這間地下室的空氣了，故事開始收尾時，我卻覺得身體越來越感到不對勁。她口中吐露出的一字一句增幅了人偶的「空洞」，而我覺得自己彷彿就要被吸進那「空洞」之中了……

大概是為了對抗那微妙的心情吧？我刻意用輕鬆的語氣發表看法：「結果搞了半天根本是沒鬼魂的故事啊。」

我的評語好像很乏味呢……不過，我聽到一半就隱約察覺到**真相**了。

這是因為——

她在「咲谷紀念館」告訴我「人偶之眼」的秘密時，我就問了她一個問題：有沒有看過鬼魂之類的存在。

「沒有——我一次也沒看過。」

印象中，她還說「自己也不知道」鬼魂到底存不存在，以及：「大概是不存在吧。」

見崎鳴的「人偶之眼」只看得到「死亡的顏色」，僅止於此。

在我的理解中，那跟「看得見靈體」或「預知死亡」等「能力」是不一樣的……

「簡單說，就是小孩子的獨角戲呢。」

我又說了乏味的評語。歌舞伎或日本傳統舞蹈中有所謂的「仿偶」❸，因此我心中浮現了「仿成人」、「仿鬼魂」的形象。見崎鳴聽了輕輕點頭。

「嗯……我不是很喜歡一句話帶過的講法。」

「咦……喔。」

「阿想『自以為』是鬼魂確實是事件的真相，我也可以理解你為什麼會想那樣說，但是……」

見崎鳴噤聲了。看到她冷冷瞇起右眼的表情，我有點心慌地坐挺身子，深吸一口氣，

❸演員模仿人偶（特別是女性人偶）的動作。

表情凝重地揣測她到底想接什麼話。

「但對他來說，那是無比切身的問題。」我說。

而她正經八百地點了點頭。

「我知道……該怎麼說呢？阿想心理狀態的改變是一個極度複雜又微妙的過程，要妥善說明是很困難的。」

「——是啊。」

見崎鳴繃緊嘴唇，點了點頭。

「基本上算是從他本人口中問出了真相，各個環節的關係也確認過了……但如果想要進一步探究，根本就沒完沒了。」

「就會開始討論人格分裂或靈魂附身那一類的吧。」

比良塚想深信自己就是「賢木晃也的幽靈」，**出沒**期間完完全全依照**它**的模式感受、思考、行動。一旦開始推敲他的內心狀態，「人格分裂」、「靈魂附身」這兩個辭彙（或概念）便會自動跳出來。可是——

「又好像不太一樣耶。」

我自己拋出這個看法，又立刻收回。

搬出這種**現成**的用語就能了事嗎？我突然產生了這樣的疑問，而見崎鳴似乎也有相同的看法。

「我認為把阿想的狀況視為『精神疾病』、讓專家分析歸類這種做法實在太沒有建設性了。雖然說接受這種做法的人應該佔多數。」

她說，嘴唇又繃得更緊了。

「剛剛榊原同學說『極度複雜又微妙』對吧？」

「嗯。」

「我贊同『微妙』這個說法，但看似『複雜』的部分其實只是幾個單純、不起眼的元素集合、纏繞而成的。這是我的看法。」

「幾個單純的元素？」

「我們一一檢視所有關鍵字吧。」

見崎鳴慢慢閉上右眼，再張開。

「小孩，大人，死亡，鬼魂，悲傷……還有**連結**。」

「呃，這些……」

「分開來看都很單純吧？但它們在這次事件中各自產生了獨特的意義，彼此糾結、扭曲……最後阿想心中才會產生『賢木先生的鬼魂』。」

「呃……妳能不能解釋一下呢？」

「再解釋下去就太不識趣了吧？」

見崎鳴如此回答，並露出有些淘氣的微笑，不知道是不是故意要鬧我？

「又不是國文科考試……」

「唔——」我往扶手椅的椅背一靠。

「喔，不過呢——」

見崎鳴收起微笑。

「總而言之，我來爬梳一下五月三日『湖畔宅邸』發生的事件吧，心裡先有個底比較好。」

## 2

一直以來，賢木晃也的生活都浸淫在「悲傷」之中。

十一年前發生「八七年慘案」時，他眼睜睜看著一大票夥伴在身旁喪生，悲傷不已。然後是喪母之慟……

賢木一家搬離夜見山、逃離「災厄」是件好事，但「災厄」並沒有止息，留在鎮上的三班關係人士接連死亡。他一定為此感到良心不安，覺得「只有自己逃跑獲救」吧。

歉疚感跟了他好幾年，一直都沒消失……當然還有悲傷的情緒。

在這過程中，畏懼「死亡」的賢木漸漸對「死亡」產生了嚮往。

他大學中輟、四處旅行說不定也是為了探問「死亡」的意義，就像在院子裡設置一整排小動物的墓碑那樣。

不久後，他的志向便定下來了。

與其活在無法抹滅的「悲傷」中，還不如一死了事。死了就能擺脫悲傷，就能和先一步離去的「大家」搭上線。

他就這樣下定了決心，留下「別無所求」的訊息，準備捨棄自己的生命。後來——

賢木在二十六歲生日，也就是五月三日當晚執行這項計畫。在「Memories 1998」那本日記本內寫下近似遺言的文章，備妥上吊用的繩索，喝下烈酒，服下藥物……就在他覺得「差不多該上路了」的時候，月穗竟然帶著阿想現身了。

後來他不幸從二樓走廊跌落身亡——我們應該可以相信阿想以「賢木的鬼魂」的角度交代的來龍去脈吧，因為這實際上是追著月穗上到二樓的阿想的親身見聞，只不過他是以「賢木的鬼魂」的視角述說罷了。

阿想非常仰慕賢木，視他為父親或兄長一般的存在，如今卻親眼目擊他的死亡瞬間，遭受嚴重打擊，陷入茫然若失、失魂落魄的狀態。而此時月穗不管三七二十一地先衝到賢木身旁，旋即得知他已斷氣。她在這當下所做出的判斷與抉擇決定了事件的後續走向。

她把失魂落魄的阿想帶到恰當的地方安置，讓他先上床就寢，然後打了一通電話。不是叫救護車，也不是報警，而是打給丈夫比良塚修司。

「不得了了，不得了了……」

後來阿想告訴見崎鳴，說他曾聽到月穗講話的聲音，斷斷續續的。

「……欸？」

月穗驚叫。

「可是……可是……怎麼可以……」

她在和別人講電話。對方似乎是修司，聽她說話的口氣就知道了。

「啊……好、好。我、我知道了，總之盡快……好……麻煩你了，我等你。」

不久後，比良塚修司就趕來了。具備醫師資格的他斷定賢木已死，並聽月穗交代事情的來龍去脈……阿想的記憶到這裡就變得越來越破碎，因此後來的發展幾乎都是推測。

該不該向警察報案呢？

賢木晃也當晚確實想自殺，但最後卻是月穗害他從高處跌落身亡。雖說是意外事故，她還是有可能被追究過失致死的責任——想到這裡她就害怕得不得了。警察搞不好還會懷疑她是蓄意殺人。

而比良塚家是當地名門，家族中有人（他是修司的內弟）自殺是極為不祥的事件，自然不想讓外人知情。再加上月穗有可能被究責，更是不該公開了。還有，修司預定在秋天參選……商量到最後，兩人做出了結論。

他們決定「隱瞞」事實。

賢木晃也已於今晚身亡，但他們決定**當作沒這回事**，暫且告訴別人他獨自出遠門跑到某個地方旅行了。賢木似乎本來就有到處流浪的癖好，所以劇本這樣寫並不會有不自然之處。他幾乎沒有密友，所以在他們的盤算中，事件最終應該會以「踏上旅程後下落不明」的形式落幕吧。

好啦，要隱瞞事實就得先處理掉屍體。一定要趕快丟棄或藏匿到某個地方去，以免被第三者發現。

「至少……在這裡。」

月穗大概就是在這時說出這句話的吧。它是意識渙散的阿想聽到、記下的語言碎片之一。

「……這棟房子裡。」

棄屍處的選項應該要多少就有多少，埋進森林，沉到海底或湖底都行得通。但她在這件事情上不肯退讓。

亡父深愛這棟「湖畔宅邸」，而賢木對它也同樣寄予厚愛，視之為特別的住所。這點月穗很清楚，所以才會希望把屍體藏在此處。他們即將為了一己之私隱瞞他已死的事實，那至少把他的屍體放在他心愛的地方吧。

至少，藏在這裡吧。

藏在這棟房子裡吧。

藏在這棟房子裡的某個地方吧。

最後修司接納了她的意見。將來就算賢木晃也「行蹤持續不明」，法院做出死亡宣告，「湖畔宅邸」也會由親姐姐月穗繼承，不用擔心別人會來接手。他說不定是做出了上述推測才決定配合。接著——

他們決定把屍體藏到長時間無人使用，也很少人知道的地下室房間內。

兩人合力將屍體搬進去，並將它轉變為「不存在的房間」。封死房門及採光窗的工程可能是由修司親自經手，也可能是他偷偷發包給別人。他在建築業界人脈很廣，所以對他來說應該不會是什麼難事……

「將單眼相機和屍體一起封進密室」應該是月穗出的主意吧，感覺就像將亡者愛用的物品放進棺內……

至於將日記本放進那裡，應該是為了湮滅證據。她大概是在寢室或書齋發現日記本，讀到了可說是死前「遺言」的文章，認為丟著不管會出問題。撕掉或燒掉應該是最妥當的處置法，但她卻沒這麼做，大概是為了「保險」起見。要是事情朝最糟的方向演變，它還能當他們的護身符。

也就是說，萬一「不存在的地下室房間」被人發現，屍體重見天日，這本日記就能當作「遺書」看待。這是證明賢木之死原本就是自殺的有力證據，她可以藉此脫罪。他們就是這樣想的……

# 3

「那個地下室房間原本似乎是暖爐室。」

見崎鳴進一步說明，並看了圓桌桌面一眼，視線落在闔上的素描本上。

「爐子的煙囪通過建築物的重要區域，因此只要冬天燒炭，熱煙就會讓屋內變得溫暖。前任屋主從很久以前就沒在用那個爐子了，賢木先生的父親接手後也丟著它不管。」

「那，阿想握到的黑色小石子果然是木炭囉？」我發問。

「對。」見崎鳴點點頭。「我猜是他在摸黑前進的過程中，握到了很久以前就掉落在地的木炭碎片。」

但話說回來……

八月二日當晚，比良塚想到底是如何進到那個房間裡的？房門和採光窗都封死了，應該沒有可供通行的縫隙啊。

我提出上述疑問。

「似乎是巧合呢。」

見崎鳴的語氣很輕快俐落。

「巧合？」

「它原本是暖爐室，所以戶外有個通道……或不如說它是個開口，你可以直接從那裡把木炭送下去，感覺就像從戶外直接通到房間內的斜斜的隧道。」

可以把它想像成大樓垃圾管道那一類的構造吧？

「它的存在早就被大家忘得一乾二淨了，連月穗都不知道有這條通道。封死門窗的施工過程中也沒人注意到。室內的開口大概也被**破銅爛鐵**之類的東西擋住了大半吧。」

「結果阿想發現了這個通道？」

「應該真的是巧合吧。他雖然在那一天注意到採光窗少了一扇，但他又不是真正的幽靈，根本不可能穿牆。他束手無策地在附近晃來晃去，碰巧發現地上有個老舊的鐵蓋子，就把它打開來看看……」

「然後就從那裡進入地下室啊。」

「他本人似乎搞不太清楚狀況呢，所以實際情形大概比較接近『掉進洞中』吧。他也說自己突然有撞到東西的感覺，身上也有很多地方掛彩，八成就是當時跌出來的……」

八月二日當晚，見崎鳴幫助阿想逃離地下室後似乎折騰了好一會兒——這不難想像。

「我猶豫了一陣子，但最後還是只能先連絡霧果，簡短報告狀況，請她轉告爸爸，然後要他們盡快趕來這裡。」

「比良塚家是不是也發現阿想不見了，一陣兵荒馬亂？」

「他們似乎沒發現。」見崎鳴回答。

是我多心了嗎？她的語氣似乎有點惆悵。

「自從五月的事件後，阿想似乎就一直窩在家中房間。八月二日當天，月穗似乎也不知道他傍晚就出門了。」

「唔，聽妳這麼說，總覺得……」

阿想在比良塚家感受到的孤獨突然襲向了我。五月那起事件發生前，他的家庭狀況一定也和現在沒什麼差別吧。

「後來呢，唉，狀況很多……最後警察還是來了，阿想被送到醫院安置。警方也問了我一大堆問題……」

警方偵辦這起事件的後續情況留有許多疑點。地下室有棄屍一事並沒有媒體大肆報導，比良塚夫婦也沒有因為棄屍或其他罪嫌遭到逮捕。

不過比良塚修司放棄了秋天參選的計畫，我們並不知道大人們在暗中做了什麼樣的角力才導致如此結果。見崎鳴就算問霧果，也只會得到一些模稜兩可的答案。

## 4

比良塚想為何誤以為自己是「賢木晃也的幽靈」呢？

明知會得到「不識趣」的評語，我還是試著做出了解釋，不然我會渾身不自在。見崎鳴剛剛提出的「關鍵字」是我的線索——

「阿想非常喜歡賢木先生對吧。對他來說，賢木先生就像是父親或兄長一般的存在……」

你想變成大人嗎？還是不想？

……**都不想**。

都不想？

小孩很沒有自由……但是我又**討厭大人**。

討厭啊。

不一定啦。**要是能變成喜歡的大人，我會希望越快越好**。

「另一方面，阿想很討厭大人。在我想像中，賢木先生之外的大人他幾乎都討厭吧。討厭月穗的再婚對象比良塚修司，也討厭月穗，因為她偏愛自己和修司生下的美禮。大概也討厭學校的老師吧？所以……

「所以阿想抱持著一個想法。

「好希望盡快能變成喜歡的大人，也就是說，他希望盡快變成賢木先生那樣的大人……」

**人死後會怎樣呢**？

——嗯？

死後，會到「他界」去嗎？

這個嘛……不知道耶。

**世界上有鬼魂嗎**？靈魂要是留在人間就會變成鬼魂嗎？

堂堂正正的大人應該要給你的答案是：世界上根本沒有鬼魂這種東西。但是呢……

嗯，我覺得鬼魂說不定存在喔。

這樣啊。

我說不定是**希望它存在**。

「結果賢木先生在阿想的面前喪命了。

「此刻自己最喜歡、最重視的人，將來唯一想要『看齊』的大人……賢木先生，就這樣子死了。

「阿想不願接受『賢木先生已不在世上』的現實，但死者也不可能復活。

「將來想要看齊的『理想的大人』已經不在身邊。如果沒辦法變成那樣子的大人，還不如永遠當一個無法隨心所欲過活的小孩。但所有的小孩遲早都會長大，不管他們願不願意……」

有些人死了以後**也不會變成鬼魂嗎**？

據說，對人間懷抱怨念和依戀的人死後才會變成鬼魂。

例如被狠狠整死的人？像是《四谷怪談》的阿岩？

聽說這種人死後就會變成怨靈，報復當初惡整自己的人。還有來不及把自己的想法傳達給重視之人的死者，還有**死後沒人祭拜的死者**……

「如果月穗當天晚上就叫救護車或警車，讓賢木先生之死成為眾人所知的事實，並規規矩矩地舉辦葬禮或下葬的話——

「阿想大概就不會變成『鬼魂』了吧。

「然而現實並非如此。

「月穗要阿想忘掉當天晚上發生的一切……這個命令、暗示與他受到的打擊產生相乘作用，導致他真的把當晚的記憶封印起來，並封閉內心……這時『賢木晃也的鬼魂』就**覺醒**了，偶爾會**出沒**、主導他的意識。對阿想來說，這等於是一次實現兩個願望。

「第一個願望是讓賢木先生『遺留』在人世間。他希望他死後化為鬼魂，陪伴自己。

「第二個願望是拒絕成為『討厭的大人』，盡快變成『喜歡的大人』。與其變成『討厭的大人』，還不如永遠當個小孩。但自己遲早還是會長大的，無論自己願意或是不願意。因此，他想要現在就變成『大人』，變成『最喜歡的賢木晃也的鬼魂』。就某個角度來看，他也等於是希望凍結自己的時間吧……」

我啊……偶爾會覺得，**人死後就會在某處和大家搭上線。**

「大家」是指誰？

**就是，比我更早死掉的大家。**

「阿想心中的『賢木晃也的幽靈』就這樣覺醒了。它偶爾會四處出沒，慢慢拼湊自己的記憶，最後就開始尋找下落不明的賢木先生的屍體了……這或許算是一種『代為執行』吧。

「這麼做不是為了實現阿想自己的願望，而是『賢木晃也的幽靈』想為死去的自己做點什麼。只要找出屍體，讓它重見天日，並讓『死亡』原本的形式降臨自己身上，自己（也就是賢木晃也）就能和『大家』搭上線。賢木先生一直都抱持著這個願望，所以……」

## 5

「如何？」

不識趣地做完解說後，我緊張萬分地觀察見崎鳴的反應。

她一臉正經，雙手盤在胸前。

「還可以啦。」她答道。

總覺得她此刻的身影與某個時候的千曳老師很像。

「這些問題本來就沒有正確答案，不過……」

「怎樣？」

「這樣比喻也很不識趣，不過我總覺得那個『鬼魂』就像是海市蜃樓。」

「海市蜃樓？」

對了，她剛剛確實有提到緋波町海邊的海市蜃樓。

「對。」見崎鳴閉上右眼。「一下子現形，一下子又消失的夢幻風景。空氣中的溫度落差使光產生折射，原本的風景便會投映到其他地方去，呈現出放大、縮小、上下顛倒等形式的……扭曲的虛像。」

「啊，嗯。」

「旁人眼中看到的，一直都是比良塚想這個小男孩的實像。但他本人眼中的自我，是宛如海市蜃樓的扭曲虛像——『賢木先生的鬼魂』。」

「啊……」

「所謂的空氣中的溫度落差，就是空氣中分子的運動量落差吧。也可說是單位時間內的密度差。」

「應該是吧。」

「而阿想心中的溫度落差就是『挫折的原因』。『悲傷』情緒的密度太高了，原有的本體才會產生一個扭曲的虛像……大概是這樣吧。」

見崎鳴吁了一口氣，我則點頭稱是。

像那樣的譬喻方式還是比「鬼扯一些大道理」來得恰當呢。不過——

「既然不識趣地做了解說，」我說：「就順便提一提我想到的規則吧。」

「規則？」

「不如說是『賢木晃也的幽靈』的認知模式吧。」

「嗯？」

見崎鳴興味盎然地看著我。

我萬分緊張地將剛剛想到的，在腦袋裡爬梳過的問題說給她聽。

「阿想以『鬼魂』的身分出沒時，對自我到底有什麼樣的認知呢？這認知應該不是在任何情況下都恆常不變的吧？我認為基本上可以分為以下三種模式……」

1. 周遭無人時。「賢木晃也的鬼魂」會將比良塚想的實體視為「不存在之物」，因此他照鏡子也看不見自己。

2. 與他人共處時，若對方視阿想在場，「鬼魂」也會認定「阿想在場」，並以靈魂出竅的視角看待自己（也就是阿想）的姿態與言行。

3. 與他人共處時，（鬼魂認定）對方看得見身為「鬼魂」的自己。若無第三人在場，「鬼魂」會依循認知模式1判定阿想「不在場」。

「能觸發模式3的人只有一個，就是見崎鳴。」

我一面回想她分享的故事細節，一面說下去。

「比方說，『鬼魂』在見崎家別墅的茶會**出沒**時，妳一個人跑到外頭的露台去，舉手投足間隱約散發出邀約的氣息，所以阿想才追出去對吧？你們兩人獨處時，阿想便以『鬼魂』的身分與妳談話。但對『鬼魂』來說，阿想此刻並不在場。

「後來見崎鳴妳爸也出來了，他認定阿想在場，所以『鬼魂』也不得不切換認知方式，無法再直接與妳對談，意識逐漸消失……」

「確實是這樣。」一會兒過後，見崎鳴點點頭。「我覺得你說得沒錯。」

「然後啊——」我接著說。「我有一個很在意的點，就是阿想當初為何會誤以為妳的左眼看得見鬼魂。」

我很想搞清楚這件事。

回想起見崎鳴剛剛的那番話，我還是覺得不可思議，不明所以。想了又想，還是覺得兩人在夏季「湖畔宅邸」書齋初次碰面的狀況只能用下方這個方式形容：「一拔掉左眼眼罩，她就看到先前看不到的鬼魂了。」

「那個啊——」她以手指觸碰眼罩邊緣，語氣平淡地說：「那其實是小小的巧合累積起來所導致的結果。」

「巧合，累積？」

「沒錯。那天我到『湖畔宅邸』不小心撞倒腳踏車時，發現二樓有黑影閃過，所以想說那裡一定有人——至少阿想會在。我就去按了玄關的門鈴，但沒人來應門，才繞到後門去。

「結果發現門開著，進入屋內就看到了一雙鞋子，是尺寸比我還要小的、髒兮兮的運動鞋……」

見崎鳴上了二樓。她覺得有黑影閃過的那扇窗應該是在書齋，於是直接朝那裡走去。

「我正前方那面牆上的咕咕鐘剛好在那時響了，我的注意力完全放在它身上。進門時，目光又被飾品櫃裡的霧果人偶吸走……」

這時阿想站在房間左側牆邊的桌子前方。對只有右眼具備視力的見崎鳴來說，他剛好位於視線死角——

「理由就是這麼單純，**沒有什麼超自然的成分。**」

見崎鳴指著自己的眼罩。

「但我下一秒馬上就……」

「馬上就拔掉眼罩了對吧。」

「我覺得髒掉的眼罩很噁心，就拔掉了。結果窗外的一群烏鴉剛好在同一時間飛起來……」

烏鴉？啊，她之前確實有提到。

「我嚇了一跳，立刻望向窗外。當時是陰天，但屋外還是比室內明亮一些。鴉群飛過窗前，阻絕了光線。室內與屋外的明暗對比在那一瞬間產生逆轉，窗玻璃映照出室內空間的倒影，所以我才——」

「啊……原來是這樣啊。」

我在腦海中勾勒出那畫面，才總算搞懂狀況，覺得事情說得通了。

「所以我那時才看到阿想的身影映照在玻璃上。當然了，我是以右眼看到的，不是左眼。我嚇了一跳轉過身去，發現那個孩子就站在書桌前，我才……」

——怎麼會？

見崎鳴不禁低語。

——你怎麼會……在這裡？

**「看得到嗎？妳**看得到我嗎？」

阿想大吃一驚，慌亂地發問。

——看得到……唷。

見崎鳴照實回答。

「後來我跟阿想聊了起來，但剛開始有點雞同鴨講，因為他正經八百地說『賢木先生已經死了』、『自己是他的鬼魂』……結果我就開始配合他說話，聽他敘述整件事……過程中漸漸了解了阿想的內心狀態，覺得當場戳破他，說『你明明就是阿想』似乎不太好……」

「所以兩天後，妳才決定要確認狀況囉？才拜託霧果小姐邀請比良塚一家人到別墅來？」

「沒錯。」

見崎鳴以左手中指斜斜撫摸著眼罩。

「我想先確認賢木先生的現況如何，藉此判斷阿想說的話到底有幾分真實。也想看看他和月穗等人在一起時，會有什麼樣的表現……」

我並沒有點頭回應，反而做了一個深呼吸。

我還以為自己已習慣地下室內的空氣了，此時卻又覺得自己彷彿就快被吸入人偶散發出的「空洞」氣息之中。甚至覺得自己和見崎鳴雖然在這裡談論「真相」，但**我們說不定才是**「海市蜃樓」……

見崎鳴不知道是不是注意到我的狀況不太對勁了？

「要換個地方嗎？我們到一樓的沙發區好了，雖然我已經差不多要收尾了。」

## 6

仔細想想，我還是第一次造訪天根婆婆不在的一樓藝廊呢。今天休館，所以也聽不到營業時間流洩於館內的弦樂。空調也沒開，反而比地下室悶熱一些——

我們各自坐到一邊沙發上，斜斜面對彼此。在這空間內，見崎鳴每次呼吸的微小變化好像都能聽得一清二楚……我到了這關頭才突然手忙腳亂、心跳加速了起來。

見崎鳴原本想將她帶到樓上的素描本放到沙發扶手上，但她突然呢喃了一句「對喔」，改把本子放到自己的膝蓋上。

我很在意這個小小的舉動，但我還是問了別的問題：「是說，那個叫 Arai 的朋友打電話給賢木先生的插曲到底是怎麼一回事呢？到最後還是沒有解開這個謎題嗎？」

「你錯囉。」

見崎鳴輕輕搖頭，並打開素描本，不過她這次並不是要我看去年的「湖畔宅邸」素描畫……

她打開的頁面靠近封底，那裡夾著一個淺藍色的信封。

「我確認過囉。」

見崎鳴孩子氣地說。

「因為我也很在意這件事。那天晚上，我找阿想找到一半，突發奇想打了通電話。」

「結果呢？」

「大廳的電話母機存有電話留言，以及對方的電話號碼。我撥號過去，然後問：『是 Arai 先生家嗎？』」

原來如此，根本不需要想太多，用這招是最不費工夫的。

「——然後呢？」

「接電話的是一個年紀頗大的男人，不是 Arai 本人。我問他：『這裡是 Arai 先生府上嗎？』他說：『不是喔。』我又問他：『那你們那裡有沒有一個姓 Arai 的先生？』結果他用冰冷的語氣說：『沒有。』」

就在我心想「這到底是怎麼一回事」的期間，見崎鳴拿起原本夾在素描本裡的信封，抽出某樣東西。

「你看這個。」

那是一張照片，我看著看著不禁發出「啊」的一聲。

「這個，難道是……」

「就是賢木先生在十一年前的暑假拍的『紀念照』。」

「就是這張啊……」

我死命盯著它。

照片右下角確實標記著攝影日期：「1987/8/3」

五名男女排成一排，以湖為背景拍照留念，最右邊的那個人就是賢木晃也。見崎鳴先前最早拿給我看的，前年拍的那張照片中也有賢木晃也，所以我認得出他；兩張照片中的人物只有年齡之別。其他四人是當年夜見北三年三班的學生……

「而這個就是之前提到的筆記本紙片。」

我接過紙片，將他們的姓氏看過一遍。

由右至左，依序是「賢木」、「矢木澤」、「樋口」、「御手洗」、「新居」。

就如見崎鳴說的，「矢木澤」與「新居」的下方標有×以及「死亡」的字樣。

「我裝傻問電話另一頭的先生：『請問這是誰的府上呢？』而對方的回答是……」

見崎鳴的視線投向我手中的照片。

「『這是御手洗家。』」

「御手洗？」

「從左邊數來的第二個男生，穿藍色T恤，戴眼鏡，微胖。我似乎是打到他家去了。」

「可是打電話來的人說他是Arai……」

說到這裡，我突然靈光一閃。

「難道說Arai是……」

「是御手洗的『綽號』，而且大概是朋友間才會使用的稱呼吧。他們把御手洗的『洗』讀作Arai。」

「那這個有×記號的姓氏呢？」

「那個人也叫 Arai 的話會引起混亂吧，所以我認為讀法應該不同。不是讀作『Arai』，而是『Nii』之類的。」

「——原來啊。」

「當年身亡的是新居先生。御手洗先生仍在世，後來似乎也一直和賢木先生保持聯絡。他那天剛好打電話想要找賢木先生……八成是要向他借錢之類的吧。」

一旦了解真相，就會覺得整件事簡直像是個笑話。「賢木的幽靈」，也就是阿想並不知道「Arai= 御手洗」這件事，接到那通電話自然會大吃一驚、混亂不已。

話說回來——

這張照片現在為什麼會在這裡？是見崎鳴擅自從「湖畔宅邸」的書齋拿走的嗎？還是說……

我偷瞄了見崎鳴的手一眼。

她拿著一個放得下照片的淺藍色信封，信封正面的字跡和郵票隱約可見。

看來是某人寄來的，但某人又是誰呢？

我還來不及問，見崎鳴便搶先開口：「對了……欸，榊原同學，你看了這張照片有沒有覺得哪裡不對勁？」

# 7

「不對勁？」

聽她這麼一說，我再度端詳十一年前拍下的紀念照。

一九八七年，夜見山北中學三年三班的學生於暑假期間接受賢木晃也邀請前來「湖畔宅邸」，共同度過一段與「災厄」無緣的和平時光。但後來除了賢木之外的四個人還是回到了夜見山，矢木澤與新居兩人因「災厄」喪命……

「……哪裡啊？」我看了見崎鳴的臉一眼。

「不覺得有個不自然的空位嗎？」她的右眼瞇成一條縫。

「咦？」

我回頭去看照片。

不自然的空位？不自然的……

「啊……」

是這裡嗎？

照片右側的賢木晃也與他左邊的女同學矢木澤之間，有一個空位……

「賢木先生和旁邊的矢木澤小姐站的位置離得有點遠吧？」見崎鳴說：「不覺得這

段距離有點不自然嗎？簡直像……」

「啊，簡直像……」

我應聲，同時想起八月班級合宿時，我們在「咲谷紀念館」拍的兩張照片。兩張照片都拍了五個人。

第一張有我、風見、敕使河原、三神老師，第二張少了敕使河原，多了望月。望月緊緊靠在他「仰慕的三神老師」身上……

……嗡，嗡嗡。

我腦袋中的某個角落傳出微弱的重低音。

我若在五年或十年後重新翻出那張照片來看，會看到什麼呢？隨著時間流逝，今年的「多出來的人」（也就是死者）在大家心中留下的記憶會越來越薄弱、漸漸淡去……嗡，嗡嗡……照片上的**她**的身影也會跟著消失。如此一來，**原本有人佔據的位置就會變成一個不自然的空位**……

「這是……」

我凝視著手上的照片，空出來的手不知不覺地按上胸口。呼吸困難，導致說起話來上氣不接下氣。

「難道說這裡原本……賢木先生的旁邊原本有**某人**的身影？」

「有那種感覺，對不對？」

「嗯……嗯。」

「我也那樣覺得。原本佔據那位置的某人，一定是混進十一年前的三年三班的『死者』吧？然後呢——」

見崎鳴意有所指地製造出一個停頓，撫摸白色的眼罩，彷彿是想說：「你已經知道我接下來要說什麼了吧？」但我其實完全沒有頭緒。

「然後呢，」她說：「這**某人**同時也是賢木先生的初戀情人吧。」

「咦？」

「賢木和阿想聊過很多，其中似乎有這麼一段——」

你談過戀愛嗎？初戀對象是誰？

……

沒有嗎？

不是……**應該算有吧**。

感覺怎麼樣啊？談戀愛開心嗎？難過嗎？

這個嘛……啊，不對，我可能沒有資格回答這個問題。

為什麼？

**……因為我想不起來了。**

非常喜歡……嗯，確實是這樣，這部分我還記得。我當時應該是非常……喜歡她。

可是……

可是？

**我完全不記得對方是誰，想不起來了。**

「我跟你提過『湖畔宅邸』二樓有間『災厄紀錄房』吧？房間的牆上寫著：『你是誰？究竟是誰？』」

「啊……嗯。」

「照片是暑假拍的，當時包含賢木先生在內的所有人當然都還不知道那一年的『死者』究竟是誰，也無從得知。結果賢木先生大概喜歡上她了吧，不知道她其實就是『死者』……」

一九八七年的畢業典禮結束後，該年的「現象」終止，「死者」消失，「現象」所竄改的、填補邏輯漏洞用的紀錄也恢復原狀了。她曾經存在於那一年的事實遭到抹滅，而**她**在當事人先中留下的記憶也於短時間內一點一滴地消失，宛如梅雨般蒸發。

賢木晃也愛慕**她**的記憶同樣無法逃離這個法則。

賢木搞不好是在畢業後，才從御手洗或其他同學那裡得知**她**就是「死者」的事實。在**她**消失後，他仍記得自己愛過她、很喜歡這個人，這段記憶宛如心靈上的刻印，一直留存著。但他已經想不起對方的名字、長相、聲音，不記得自己和對方聊過什麼、度過什麼樣的時光了……這些細節已隨時間經過漸漸變得模糊，最終消失無蹤。再過幾年，他就會將她忘得一乾二淨，所以——

所以他才……

8

「賢木先生憧憬『死亡』，而這份情感背後最直接的原因可能就在這裡呢。」

沉默數秒後，我如實說出我的想法。

「或許，他死後不是想要跟『大家』搭上線，而是想要跟『她』搭上線才對。」

「——有可能呢。」

見崎鳴稍微壓低視線。

「不過我不是很了解那種感覺。」

「是喔？」

「我大概沒那麼喜歡過一個人吧。」

「**大概？**」

「對——大概。」

我輕嘆一口氣，再度看了一眼十一年前的紀念照。

不管我再怎麼定睛凝看賢木晃也與矢木澤小姐之間的不自然的空位，看不到人影就是看不到。

十五歲的賢木晃也左手握著茶色拐杖，右手扠腰，笑臉迎人。他的笑容真的很燦爛，看了反而覺得哀傷。

「最後一個謎題，你解開了嗎？」這時見崎鳴開啟了另一個話題。

「謎題？」原本看著照片的我抬起視線。

「賢木先生死前到底說了什麼話。」

「啊……你是說『tsu』、『ki』什麼什麼那個嗎？」

「對。」

「這個嘛……」

我心想，「tsuki」應該真的就是「月穗」的「月」吧。

他在最後關頭有話想對阻止他自殺的月穗說。或者是——

「我們也可以用疑心病更重的角度來看待它，當它是推理小說中的死前訊息。」

「嗯？」見崎鳴訝異地眯起右眼。

我闡述我的想法：「比方說，月穗其實故意推了賢木先生一把。從二樓走廊跌落的賢木先生感覺到她的惡意，才……」

「你是想說，月穗是犯人？」

「呃，他以為她是犯人。」

見崎鳴噘起嘴唇，看我的眼神有幾分瞪視的味道。

「不及格的推理。」她說。「如果真的是那樣的話，阿想怎麼會看到賢木先生在死前露出那樣的表情？怎麼會『擺脫痛苦、恐怖、不安等情緒……安詳得不可思議』？他真正說出口的音節只有『tsu』和『ki』。」

「唔——確實是這樣沒錯，也就是說……」

也就是什麼？我歪了歪頭。

他在最後關頭到底想說什麼……

「最近我去了第二圖書室一趟，找千曳老師。」她說。

「怎麼又去啦？」我略感意外。

「我想看之前的那份資料。」

之前那份……是千曳老師整理的那份資料嗎？裝在黑色封面資料夾裡的，「初始之年」（二十六年前）到今年共二十七年份的三年三班名冊影本？

「只有那個資料夾內的部分文件得以**逃過一劫**，不會被『現象』竄改來竄改去。『有事的一年』的『死者』紀錄保存得特別完善，所以我才想說去確認一下。」

聽她這麼一說，我總算明白了。

「妳是要確認八七年的『死者』身分？」

「賢木先生不知道這份紀錄的存在吧？如果知道就可以去查看了。」

他很快就轉學了，大概沒機會和千曳老師接觸吧？也就不知道那個資料夾的存在……

「然後呢，我就查到八七年『死者』的姓名了。」

「賢木先生初戀情人的名字？」

見崎鳴沉靜地點點頭。

「是 Satsuki。」

並說出了她的名字。

「Shinomiya・Satsuki。」

「Shinomiya」寫作「四宮」，「Satsuki」寫作「沙津希」。

「懂了嗎？所以說……」

所以說……啊，原來是這樣啊。

「他說的『tsu』、『ki』，是『沙津希』的『津希』？」

「賢木先生的記憶說不定在垂死之際復甦了。他想起自己的**女友**叫沙津希，所以才露出那麼安穩的表情……」

第一個音節「sa」不成聲，「tsu」和「ki」勉強說出口。之後他張開嘴，圓圓的唇形被阿想解讀成母音「o」，但那其實只是安心地鬆一口氣罷了。也可能是他唸出女友的名字後，想接著說：「我（boku）……」

「哎，不過這些都只是我的想像。」

見崎鳴補了一句，並輕嘆一口氣。

# 9

十一年前的 Sakaki 與 Satsuki。

我盯著手上的照片，不知怎地想到了一個巧合。

Satsuki 可寫作「五月」，五月的英文是 May ❹……

啊，總覺得……

嗡，嗡嗡——

腦海中的某個角落再度發出微弱的重低音，我緩緩搖頭，想要甩開它。

「這是昨天寄到的。」

見崎鳴將原本夾在素描本中的藍色信封放到桌上，指著它說。

「誰？」我問：「是誰寄的呢？」

「阿想。」見崎鳴回答，並拿起信封：「除了照片和紙片外，還有一封信。」

她取出了對摺兩次，與信封同為水藍色的信箋，遞給我。

「我可以看嗎？」

「可以啊。」

信箋上寫著以下文章。字跡非常工整，很像大人寫出來的——

**我沒事。**

**請妳收下這張照片。**

**如果妳不想要的話，丟掉也沒關係。**

**明年春天我就上國中了。**

**希望將來能再跟妳見面。**

我不發一語地將照片、紙片、信箋還給見崎鳴。她也不發一語地將它們裝回信封，再把信封放到素描本上。

信封背面寫著寄件人的名字與寄件地址，我的視線自然地飄了過去，但一時之間無

❹與見崎鳴的「鳴」同音。

法掌握它代表的意義，嘴巴擅自對著見崎鳴動了起來：「怎麼會。」
「怎麼會……是什麼時候的事？」
「不曉得，詳情我不清楚……不過他似乎在緋波町老家待不下去了。」
「可是，這住址……」
「大概是親戚或爸媽的朋友家吧，目前暫時寄住在那裡。」
「啊……可是……」
我的視線一時之間無法從那排文字上抽離。內心的騷動、不安逐漸增強，難以抑制，但有個強烈的直覺告訴我：不能把這狀態說出來。
房間內明明沒開空調，我卻覺得有陣風吹來。窸窣，空氣冷冷地震盪著。
信封上橫寫的寄件地址為：夜見山市飛井町6－6 赤澤方。
下面寫著寄件人的名字——
不是「比良塚想」，而是單名「想」。

——完

# 後記

寫作當時，《Another》在我的設定上是單集完結的作品。

或者保守一點說：寫完《Another》，就等於是幫「以一九九八年的夜見山為舞台的榊原恒一與見崎鳴的故事」畫下句點了——原本應該是這樣的，但沒想到雜誌連載結束推出單行本後，改編計畫接二連三地冒出來，看了這些衍生作品後，我的想法也慢慢產生了改變。總之，我還想再寫一些故事，讓活在一九九八年的十五歲少女見崎鳴登場。

這時我想到見崎鳴曾在暑假班級合宿前離開夜見山，陪家人到海邊別墅去，度過未經著墨的「空白的一個多禮拜」。說不定可以這樣發展故事：其實她在這段期間內被捲入了某個恒一並不知道的事件中？

東想西想的過程中，這個點子浮現了。

最先決定的是書名——《Another episode S》

「episode S」的S是「夏天=summer」的S，是「海邊=seaside」的S，是「秘密=secret」的S，也是其中一位敘事者「另一個Sakaki」的S……甚至還可以說是「屍體=shitai」的S和「海市蜃樓=shinkirou」的S。

因此我當初把這部作品視為《Another》外傳、衍生故事。但主角既然變成了見崎鳴，我又漸漸覺得它或許不能視為「外傳」。再加上見崎鳴向恒一轉述這次「事件」的場面其實發生在《Another》本傳最後一幕之後，是一九九八年九月末的事，因此按時間順序來看，稱之為「續集」也沒什麼不妥吧。

雖然本作和《Another》都以夜見山北中學三年三班的「現象」為主旋律，但兩者的韻味其實相去甚遠。大家說不定會無所適從，但從完成後的角度來看待這部作品，我會覺得這些情節的安排似乎都是必要的，同時我也認為就某種意義而言，這依舊是一部綾辻味十足的作品。

希望大家讀了喜歡。

好啦，關於《Another》的下一部續集，我其實已經有幾個構想（妄想？）了。我無法拍胸脯告訴大家何時會寫出來，以及會往哪個方向去寫，不過實現之日大概還是會由讀者的期待程度來決定吧，這個機率是非常高的。我個人的精神與體力也是能否完成的因素之一——總而言之，我會暫時進入充電期，讓妄想繼續膨脹下去。

本作品在雜誌《小說屋 sari-sari》上共連載十回，期間一再受到責任編輯金子亞規子小姐大力相助，總之我非常感謝她。我也要感謝井上伸一郎先生，他在本作構想階段提出許多刺激度極強的點子。我當然還得藉這個機會感謝書封插畫作者遠田志帆小姐、書籍設計師鈴木久美小姐，還有深澤亞季子小姐、伊知地香織小姐、中村僚先生等角川書店關係人士，承蒙你們照顧了。

二〇一三年　初夏

綾辻行人

國家圖書館出版品預行編目資料

Another episode S / 綾辻行人 作；黃鴻硯 譯. --
初版. -- 臺北市：皇冠, 2014. 12 面；公分. --
(皇冠叢書;第4437種)（奇・怪；15）
譯自：Another エピソード S

ISBN 978-957-33-3124-7(平裝)

861.57　　　　103022192

皇冠叢書第4437種


**奇・怪 15**

# Another
## episode S



作　　者—綾辻行人
譯　　者—黃鴻硯
發 行 人—平雲
出版發行—皇冠文化出版有限公司
台北市敦化北路120巷50號
電話◎02-27168888
郵撥帳號◎15261516號
皇冠出版社(香港)有限公司
香港銅鑼灣道180號百樂商業中心
19字樓1903室
電話◎2529-1778　傳真◎2527-0904
總 編 輯—許婷婷
責任編輯—蔡維鋼
美術設計—程郁婷
著作完成日期—2013年
初版一刷日期—2014年12月
初版六刷日期—2023年03月
法律顧問—王惠光律師

讀者服務傳真專線◎02-27150507
電腦編號◎512015
ISBN◎978-957-33-3124-7
Printed in Taiwan
本書特價◎新台幣300元/港幣100元